日常のフローチャート

Daily Flowchart

MORI Hiroshi

森 博嗣

KKベストセラーズ

日常のフローチャート

Daily Flowchart
MORI Hiroshi

森博嗣

目次

第40回 いつ死んでも良い生き方とは

死ぬ覚悟は年齢とともに薄れるのか？／欲しいものは限られている／どういうタイミングで死ぬか／冬は工作の季節

第1回 インプットは割りが悪い

日常のルーチン

朝起きたとき、あなたは何を考えるだろうか？　なにも考えない？　そういう人もいる。僕の奥様（あえて敬称）がそのタイプだ。僕は違う。目が覚めて、時刻を確認したあと、十五分くらいベッドで横になったまままあれこれ考える。それは、今日何をするか、どういう手順でどのように活動するか、と思いを巡らす。もちろん、だいたいは決まっていて、前日かそれ以前に考えてあるので、ほぼ予定どおりのことも多い。それでも、その日の天候や、自分の体調や、気分などで細かい点を変更する。

やることが決まっていても、どう動けば効率的に進められるか、また、なにか見逃していることはないか、どんな点に注意をして動けば良いか、など視点を変えて、もう一度検討しておく。ようするに、それくらい心配性なのだろう。

それらがまあまあまとまったところで、「さて、では起きようか」と躰《からだ》を動かす。最初にすることは、ベッドの横で寝ていた犬を庭に出してやること。ドアのところで待っていると、彼は一分ほどで戻ってくる。

それから、温かいミルクティーを淹《い》れて、書斎へ行き、パソコンの前に座る。二十四インチディスプレィ二機が起動し、三十分くらいは世界の様子を見て回る。ちなみに、このミルクティーは少しずつ飲んで、飲み終わるのは夜である。途中にコーヒーを三度くらい淹れて飲むから、ミルクティーは朝と夜（夜にはもちろん冷めている）に分けて一カップを飲む習慣。

ばりばり仕事をしていた頃には、朝三十分くらいで三十通ほどメールを発信した。仕事関係のリプラィがほとんど。当時は一日に二百通はメールを出していた。仕事の半分はメールを書くことだったといえる。今は仕事関係のメールはほぼゼロなので、一日に五通も出さない。とにかく、仕事を減らすことに尽力してきたここ十年間である。

朝は犬の散歩が一番大事なイベントだ。担当の一匹を連れていくのだが、最近どういうわけか奥様がついてくるようになった。ウォーキングでダイエットしようとしているものと推測されるが、もちろん理由を尋ねるほど勇敢ではない。

犬の散歩は夕方にもう一回ある。それまでの間は、庭仕事、工作、どこかの修繕、ネット散策、読書、ドラマか映画鑑賞、短距離ドライブ、クルマの整備、といったところ。だいたいこれで日々過ごしている。作家の仕事はほとんどしていない。

インプットとアウトプット

このうちアウトプットといえる行為は、庭仕事、工作などである。そのほかは、ほぼインプット。インプットは楽だし、躰も心も休まる。のんびり過ごす時間といえる。アウトプットする行為は、頭を使い、新しいものを生み出しているので生産的だが、体力を消耗するから疲れる。若いときに比べると、インプット量が増えているのは否めない。

仕事で文章を書くのは、もちろんアウトプット。アウトプットしているからこそ対価が得られる。作家の仕事は、とにかく減らす一方で、もはや作家とはいえないほど、なにもしていない。基本的に人気者になりたくない病を患《わずら》っている人間なので当然の帰着。

では、どうしてあっさりと引退し、断筆しないのか、というと、そういう決断をするほどのことでもないし、辞めることで目立ちたくない、という気持ちが強い。世の中というのは、不連続な行為に対して大勢が色めき立つ仕組みになっているから、できるだけ当たり障りのないよう、そうっとしておいたまま、少しずつ離れるのが得策といえる。熊に出会ったときの心得と同じだ。

自分のやりたいこと、憧れの生活に対して、自分が自由にできるお金が少ないと思う人は、とにかく働くしかない。働くのが最も安全で効率が高い解決策であり、自由を手に入れるための近道である。だが、それをすると時間がなくなり、いろいろと不自由な思いをしなければならない。仕事というのは我慢をする時間なのだから当然だが、文句をいいたくなるのもまた自然。まあ、このあたりは折合いというのか、自分をコントロールし、つまり自分を騙《だま》し騙し使うしかない。そういうことができる人は多い。社会の大多数が、我慢しつつ働いているのだ。やってみると、それほど難しいことではない、らしい。

でも、少しずつでも、自由に近づきたい。まずは、そう思うことが大事。近づきたいと思っただけで、なんとなく楽しい気分になれる。自由に近づくことは、別の言葉にすると「幸せ」だ。人が幸福を感じるのは、自由に近づこうとしているときだ。逆に、不幸を感じるのは、不自由に近づいているときで、現状ではなく、少し未来にやってきそうな不自由を恐れて、気持ちが萎《な》える。

インプットしているときは、ものを食べているときと似ていて、本能的な欲求を満たしているから幸福感が味わえる。だが、食べてばかりはいられない。すぐに満腹になり、食べられなくなる。インプットしすぎることに対して、躰が拒否反応を示す。

アウトプットしているときは、運動しているのと同じで、爽快感が得られる。楽しさは、たいていの場合、アウトプットによってもたらされる。

インプットは贅沢《ぜいたく》な買いもの

同じような楽しみに見えても、実は大きな違いがある。自分で趣味的になにかを作り出す楽しみは、時間がかかるけれど、むしろ長時間だからこそ得られる楽しみが、量的にも質的にも多い。これに比べて、他者から与えられる楽しみを買うと、一時で簡単に楽しむことができるものの、短時間で終了し、その後はなにもない。楽しかったこともすぐに忘れてしまう。写真や動画を撮って、他者に見せびらかすことくらいしか余韻は得られない。たとえば、創作を自分で行うアウトプットと、創作を買って楽しむインプットを比べてみよう。創作するには時間がかかる、資金はそれほどいらない。創作物を購入することは金がかかるうえ、長くは楽しめず、すぐに飽きてしまう。

旅行などでも、自分で計画した旅ならば、創作的な楽しみが味わえるが、用意されたパックでは、短い時間で終了し僅かな印象が残るだけだ。その差は何十倍も違うだろう。

つまり、インプットは金を失うということ。何故なら、人々にインプットをさせるために、あらゆる商売があれこれ手を尽くして商品を世に送り出しているからだ。そういうものが宣伝され、いかにもそこに人生の楽しみがあるように見せつける。大企業が成立しているのは、大勢にちょっとした楽しみを与えることで莫大な利益を上げているからだ。

庭園の風景。白い紫陽花《あじさい》の木と、庭園鉄道の駅舎兼信号所。秋が近く、葉は散り始めているが、まだぎりぎり緑の森。

税金が高いと文句をいっている人々が、みんなスマホを手にして、ゲームやイベントで時間と金を消費している。それが悪いとはいわない。ただ、皆さん、贅沢が好きなんだな、と感心するばかりである。大企業を育てるゲームに参加しているのだから。

そこから学べることがある。自分の楽しみを持って、自分で生産すること。つまり、アウトプットする。一生なにか作り続ける生活。それが、本当の楽しさを生み出すし、また金もかからない。ゆったりとして、のんびりと生きていける。そして、実は、この金をかけない生き方こそが、本当の贅沢なのである。

そういうことに気づいたのは、四十歳になった頃だった。若いときには、仕事に夢中になっていたし、仕事の中に無理やり楽しみを見つけていたかもしれない。あるとき、ふと気づいた。それは、長い無意味な会議が終わって、夕焼けを見ながら自分の仕事部屋へ戻るため、まだ熱の残っているアスファルトを歩いたときだった。

いつもなら、嫌いな会議が終わって、これから自分の仕事に集中できる時間だ、と嬉しくなるところだったのに、そのときは、なんだかもうこのまま帰りたくなった。僕の仕事というのは研究だったから、ノルマというものはない。やりたいだけいくらでもできるし、やりたくなければいつでもやめられるものだった。このとき初めて、やりたくないな、と感じたのである。

第2回 人生はプログラミング

プログラムとは何か？

コンピュータが一般的でなかった時代、つまり僕が大人になるまえには、「プログラム」というのは、「式次第」の意味だった。今でも、この意味で使う人がいるかもしれない。運動会とかイベントなどで、どのような順番で出しものがあるのか、が書かれている。そういうものをプログラムと呼んでいた。「式次第」という日本語の方が難しくて通じない人が多かったかもしれない。

式次第というのは、時系列に何を実行するかが記されているものだ。だから、プログラムというのも、そういった手順を記述したものだと大勢が認識しているだろう。「コンピュータはプログラムどおりに動いている」と聞けば、所詮《しょせん》は機械なのだから、人間が命じたとおりのことを繰り返すだけの代物《しろもの》だ、と蔑《さげす》んでいる。そもそも、そんな蔑むような物言いになるのは、相手を恐れているからであり、コンピュータが人間を支配するような未来になりはしないか、と心配している証拠でもある。

　プログラムというのは、あらかじめ予想される条件で場合分けをし、もしAならばBを実行し、AでないならCを実行する、というように道筋を定める。これが無数に存在するため、上から下へ流れるように記述された一連の命令文であっても、どのような動作をするか、何が実行されるのかは、可能性が多数（ときには無限に）存在する。これがコンピュータの優れた点の一つである（最も優れているのは、滅多に間違えないことだが）。

　このようなプログラムの流れを、フローチャートと呼ばれる図で示すこともある。最近は、プログラム自体をフローチャートで描いて作成するシステムもある。菱形や矢印などで描かれる図だが、見たことがあるのでは？

　ミステリィで天才的な計画殺人の物語を書くと、読者から「たまたまこのような場面になったから成功したが、そんな偶然に頼るような計画を天才がするのか？」といった質問を受ける。

　探偵が謎の説明をするときには、流れるような一本道の計画として語られていても、計画された段階では、もしこれがなければ、もしこうなった場合には、というプログラムの分岐（これを「ｉｆ文という」）が幾重にも練られて計画されているわけで、それこそ、天才的な完全犯罪ならば、それくらいのレベルでプログラミングされているはずだ。実際には、それらの道筋の一部が実行される。天才ならば、当然微に入り細を穿《うが》って計画されていたでしょう、とお答えしている。

すべてが想定内になる？

自分の将来に対する計画に、このような「もしこうなったら」という「ｉｆ文」を加えて想定する人は、どれくらいいるだろうか？　皆さん、自分のことですから、それくらいは考えた方がよろしいのでは？

たとえば、自然災害に対する備えなどは、もし最悪の事態になったら、と考えることからスタートする。そういう不吉なことは考えるだけで憂鬱《ゆううつ》になるものだが、いくら「絶対大丈夫」と願ったり信じたりしても、災いが防げるわけではない。危険の確率には、その人の願望は影響しない。しかし、危ないもの、危ないとき、危ない場所を避けることで、確率を下げることは簡単にできる。さらに、万が一、その危険が現実のものとなった場合にどうするのか、と考えることで、実際に遭遇したときに焦《あせ》ってパニックにならずに済むし、また、保険などのように、不運から抜け出すバックアップを用意しておくこともできる。

ようは、まずは考えること。しかも、自分の都合の良いことを考えるのではなく、その逆で、自分に都合の悪い事態に対する方策を練っておくことが大事だ。

起こりうる可能性をあらかじめ検討しておくことで、すべてが「想定内」になる。人間の想像力というのは、非常に優れていて、本気になって考えたら、ほぼ想定外のことを排除できるだろう。考えもしなかったことは起こらない。それが起こるとしたら、考えなかったからにすぎない。

未来は未知であるから、精確な予測が不可能な事象が多い。しかし、幅を持った予測は可能で、最高でこれくらい、最低でこの程度、という範囲を想定することができるだろう。台風の進路図と同じで、七十パーセントの確率でこの範囲、といったふうに。

基本的に、最悪の事態を予測しておくこと、つまり、悲観的な将来を思い描くこと。さらに、最悪の場合でも、ここだけは免《まぬか》れるように、という部分を確保すること。これは、工学の設計思想の一つ、「フェールセーフ」の考え方でもある。事故に遭って、自動車が大きなダメージを受けても、乗っている人間が死なないようなデザインをする。

僕はよく、犬を乗せてドライブに出かける。クラシックカーに乗っているので、いつ故障するかわからない。だから、必ず犬のリードや糞《ふん》の始末をする道具を持っていく。普段のドライブでは犬をクルマから降ろすことはない。実際に故障して立ち往生したことは一度もない。でも、必ず毎回持っていく。そういった心構えがあれば、おそらく、うっかり事故も幾分確率が下がるだろう。

調子が良いのは今だけだ、と考える

なにか幸運が巡ってきたときに、これからも同じような事態が続く、と楽観する人が非常に多い。自分はラッキィな人間なのだ、と思い込むようだ。逆に、不幸な目に遭うと、これからもずっと悪いことしか起きない、と悲観する人もいる。どちらも、まったく根拠がない。そういう想像をすること自体が無意味だ。幸運も不運も、結果論でしかなく、未来の予測に影響する要因ではない。

僕は三十代後半に、小説家になった。たまたま出版してもらえることになって、多額の印税が振り込まれた。しかし、僕は生活を変えようとはまったく考えなかった。こんな幸運が続くはずがない。それまでの給料の十倍以上の印税をもらえるようになっても、どうせ一時的なことだろう、と考えていた。

逆に、ちょっと儲《もう》けただけで、生活態度を変え、このさきはもっと大きな事業に発展していくと夢を見る人が多い。そういう話を何度か聞いたことがある。たいていは、その後、商売が立ち行かなくなって、借金を抱える結果になる。

つまり、一度の幸運で、将来に対する予測を変えることが間違っている。幸運が一度あっても、これから起こりうる確率に影響はない、と考えるのが順当だ。

僕は、小説でデビューしたあとも、小説家という職業に対して懐疑的だったから、ずっと以前の勤務を続けていた。十年ほどそれが続いたが、結局、小説の仕事はどんどん増えていき、収入も増え続けた。もう一生働かなくても良い貯金ができたので、ようやく、仕事から身を引くことにし、勤めていた大学を辞めた。そして、同時に小説家としても引退することを決めた。

一方で、大して当たらなかった処女作が、その後どんどん売れるようになり、二十年近く経《た》った頃に、ＴＶの連続ドラマになり、アニメにもなった。最初よりも売れるようになったのだ。これなどは、「この程度なのか」という当初の観測が間違っていたことを示している。最初は駄目でも、時間が経ってから認められるものもある、ということだ。

したがって、現在の状況から未来を予測することは、本当に難しい。ただ、希望的に予測しないこと。控えめな観測をしていれば、見誤っても、安全側。つまり、フェールセーフとなる。

もちろん、人生には驚きも必要。すべてが想定内ではつまらない、とのご意見もあるだろう。しかし、できるかぎり広く深く想定しておいた上での驚きこそ、極上の楽しさでもある。しかも、悲観方向へ予測しているから、訪れる想定外は、嬉しいサプライズになる、という具合。このようなプログラミングをして、人生をエンジョイしましょう。

朝は庭園鉄道の線路の点検をしながら散策。駅長と呼ばれている犬がついてくる。地面は苔《こけ》で覆われていて、今は団栗《どんぐり》が沢山落ちている。

第3回　目眩と絵文字からの発想

目眩《めまい》以外は肉体疲労

このところ、いろいろ忙しかった。二週間ほどまえに、また目眩に襲われた。これは五〜十年ごとに訪れる持病で、二十代の頃からずっと続いている。一番酷かったのは前回、七年ほどまえだ。このときは救急車で運ばれ、一週間入院。でも、仕事に穴はあけなかった。一週間くらいダウンすることは、想定内だから。

さて、今回は二日間寝ていた。目が回り、立っていられない。気持ちが悪くなるし、なにも食べられない。一度これに襲われると体重が三〜六キロも落ちる。

入院したときに精密検査を受けた。たぶん脳溢血《のういっけつ》とか脳梗塞の類《たぐい》だろうと思っていたが、レントゲンやMRIでも原因は見つからず、耳石に起因する慢性良性目眩症だろう、と推定された。このため、頭をある方向へ傾けると気持ちが悪くなるメカニズムもわかった。だから今回は、目が回ったら上を向くことで対処し、苦痛を抑制できた。結果、これまでで一番軽かった。病気の話はこれでお終い。

数カ月まえから、庭園鉄道の信号システムの拡張工事を行っていて、毎日四、五時間ペースで作業を続けている（目眩の二日間は休工）。主に屋外でケーブルを地下に通し、半田づけなどの配線。寒い季節にならないうちに今年の工事を終え、さらに来年に続きを行う予定。これが楽しくてしかたがない。ピクニック気分で庭に工具を広げ、回路図を眺めながら配線する。少し進むと電源を入れてテスト。たいてい、一回で合格することはなく、なにかミスが見つかるけれど、それがまた面白い。自分の馬鹿さ加減がわかるのが楽しい。庭を行ったり来たりするので、毎日軽く一万歩以上歩く。おまけに犬の散歩でも同じくらい歩く。だから、肉体疲労気味。秋になり本格的な落葉掃除が始まるが、これも相当な重労働なので、しばらく休めないだろう。

そんな疲れ気味のなか、目眩後の二週間ほどで、小説を一作書き上げた。来年の四月に発行される本の原稿で、七カ月まえだから、僕としては締切ぎりぎりといっても良い。なにも考えずに書き始めたけれど、書いているうちに、「うわぁ、そういう話だったんだ」と驚く展開だった。いつもこんなふう。事前にプロットを考えるようなことは一切ない。特に、ここ最近は、寝ても覚めても信号機の配線ばかり考えているから、思考に小説など入り込む隙はなかったはず。ただ、モニタに向かう時間だけ（といっても一日に合計一時間半程度だが）、物語の世界に没入する。工事で疲れているから、コーヒーを淹《い》れて飲む。

それが冷たくなるくらいまでが執筆のリミット。

考えるときは言葉はいらない

長生きしたいとは思わないが、自分の楽しみを遂行するために体調を管理する必要がある。それで、毎日二回血圧を測定し、決まった時刻に体重を測っている。これらを記録して、かれこれ二十年以上、毎日欠かさない。折れ線グラフにしているので、体調が悪いときの傾向が見えてくる。最近は時計が自動的に体温や心拍数を測ってくれるし、万歩計の機能も備えている。さらに、何時にトイレに行ったかも、この頃は記録する。

薬やサプリメントは飲まないし、健康のために運動をすることもないけれど、いちおう、状態を把握するため、測定値の変化を観察する。こういうことを普通の人はしないそうだ。医者がそういった。僕の担当の編集者も、毎日血圧を測ることに驚いていた。それくらいのことで驚かれるとは思わなかった。

日記はつけていないが、コンピュータのカレンダに、犬のシャンプーをしたとか、クルマの調子がどうだったとかを書き込んでいる。これらのほとんどは記号であって、文字ではない。つまり、僕の記録は数字と記号。小さなメモ用紙に思いついたことを記録するときも、文章ではなく絵を描く。

この習慣は、長女にも受け継がれていて、彼女はアラフォーだが、今も毎日絵日記をつけている。文章は一切ない。森家のカレンダには、それぞれがスケジュールを書き込んでいるけれど、ここも記号か絵だ。奥様（あえて敬称）が、小さくメガネの形を書き込んでいたら、それは彼女が目医者へ行く、という意味になる。犬の一匹がサロンに行く日は、その犬の似顔絵とドライヤらしきものが描かれている。

最近ずっと続けている庭園鉄道の工事も、計画はすべて図や数字である。必要な部品の個数を割り出したメモも、その部品の絵と数字。信号システムの回路図は、もう十年もまえに描いたもので、変更のたびに書き加えているから、もの凄く複雑な図になっているが、これがないと工事ができない。

人間は言葉でものを考える、とおっしゃる方がいるけれど、そういう人は、信号機のシステムを言葉で記録できるのだろうか？　プラモデルの組立て説明を文章だけでするのだろうか。たしかに、昔の模型のキットはそうだった。英語で書かれている説明は、とてもわかりやすく、文章を読んで組み立てることが可能だ。しかし、日本語は曖昧すぎて、どうにもならない。だから、日本のメーカであるタミヤは、組立て説明を立体図で描いたのだ。

古代文明の遺跡などから見つかる絵文字も、僕は親しみを感じる。絵文字というのは、その形が意味を表している。音を表している表音文字よりも、直感的で、情報量が多い。

異なる言語圏の人にも通じる可能性が高い。言葉が違っても、同じものを見ているからだ。デジタル時代には、むしろ絵文字が向いている。手で書くと苦労する漢字という文字を捨てなかった日本人は、その恩恵を今頃になって受けている。

言葉に縋《すが》る人たち

小説を読む人たちの大半は、言葉の虜《とりこ》となっている。ほとんどの人が言葉でものを考え、言葉で物事を識別する。だから、新しいものや、得体の知れないものにも、早くレッテルを貼りたがる。固有名詞を記憶し、それを忘れないことが試験で問われる社会が長く続いていて、そういうものが知恵であり、知識であると、きっと思い込んでいるのだろう。でも、そうでない知恵も知識もある。飛行機が空を飛べるのは、「飛行機だから」ではない。「翼があるから」というのも理由にはならない。翼とは何かをまず説明してほしい。できますか？　翼のないものでも、風船やロケットは空を飛ぶ。

物事を言葉で処理していると、言葉を思い出せないことで窮地に陥《おちい》る。認知症がそれかもしれない。言葉が出てこないと、もう駄目だという恐怖に襲われるのだろう。僕なんか、若いときから言葉が全然出てこない、固有名詞が覚えられない、でも、絵は描けた。名前は出てこなくても、一度見た顔は忘れない。ずっと遠くを歩いている人が誰だかわかる。

庭園内の紫陽花《あじさい》とベンチ。紫陽花は秋に花をつけ、最初は白。やがて緑に変色。その後ドライフラワとなって、翌年の春までそのまま。

どうしてかって、歩き方が人それぞれで、顔のように判別できるからだ。

言葉を沢山知っている人が優れている、と日本人は思い込んでいて、そういう人を就職でも採用したがる。だから、あっという間にIT後進国になってしまった。人が書いた文字で戸籍を作り上げ、それで満足していた。デジタル化の最初の一歩である個人ナンバをつけることにさえ抵抗した。印鑑が大事な契約に必要だなんて、どの国でも笑われる。

ネット時代の前半では、言葉が主力だった。言葉はデジタルだから容量的に有利だ。ブログが流行《はや》り、呟《つぶや》きも一般に広がった。でも、結局言葉の窮屈さに耐えられないから、写真や動画に代わられつつある。それでもまだ、日本の役所で申請するときは、四角の中に文字を記入しなければならない。その文字を手で書かなければならない。

幸いにして、僕は文字を手で書くことがほぼない。数字と絵は書くけれど、文章は書かない。契約書に名前を書かないといけないことだけが残念だ。「いかがですか?」「承諾します」と口約束した方が、セキュリティ的にも上位だし、簡単だし、それをバックアップする技術もあるというのに。

今年の日本の夏は暑かったそうだ。熱中症で倒れた人が続出した。「水分補給を」との注意が繰り返されている。暑い場所を避けることが第一のはずなのに、「水分補給」という言葉を信仰し、念仏を唱えているように見える。

第4回　水を差しにくい社会

秋らしくなってきたかな

すぐに二週間が経《た》ってしまう。先日書き上げた小説は、五日ほどかけて手直ししたのち、担当編集者へ送った。今はもう、どんな話だったか思い出せないくらい。

それ以外では、海外での翻訳の話が一度に数十冊も来て、アドバンス料は嬉しいけれど、大量の契約書にいちいち住所氏名を書くのが大変だ、と申し出たところ、住所は印刷してもらえることになり、おまけに印鑑も不要になった。話してみるものだな、と思った。

あとは恙《つつが》ない毎日。樹は黄葉し始め、落葉掃除もスタートしている。疲れないように気をつけようと気を引き締めている今日この頃。

住まいの半分ほどの部屋は、床暖房をONにした。朝は霜が降りる。霜というのは、本当に空から降りてくるのだ。だから、葉が生い茂っている森の中では霜は降りないし、庇《ひさし》の下にも降りない。冷たい空気だけで現れるものではないことが、ここに住んでわかった。

落葉が降り積もっても、雪が降り積もっても、庭園鉄道は毎日運行する。落葉や雪を吹き飛ばす除葉車、除雪車がある。むしろ、それらを稼働させるのが楽しみだ。

線路以外の場所を除雪するため、普通の除雪機も五機待機していて、暖かいうちにエンジンのメンテナンスを済ませている。寒い地方なのだが、実は雪は滅多に降らない。ただ、降ったら解けない。放っておくと硬い氷になるから、早めに除雪するのが鉄則。

床暖房は、灯油を燃料に稼働している。この灯油は、屋外に五百リットルくらいのタンクがあって、連絡しなくても業者が充塡しにきてくれる。半年くらいつけっぱなしになるが、エアコンの電気代よりはずっと安く済むし、夏はクーラもいらないので、たとえば、東京や名古屋に住んでいるよりも、光熱費は半分くらいに安い。日本人の多くは、地価が高くて狭い場所に密集して住んでいることを、ときどき思い出す。

さて、小説の執筆が一作終わったから、今年の仕事はもうお終い。また来年。いくつか頼まれているけれど、まだ返事をしていない。この頃、書けるかどうか、自分のことが読めないのである。

アメリカのおじさんから、鉄道模型の関係で極めてマニアックなメールが来て、何度かやり取りをしたけれど、お互いに引き籠《こ》もり老人なのに、こういうコミュニケーションはできるわけで、有意義だし面白い。ネットも捨てたものではない。大部分は捨てた方が良いものだけれど。

記者会見って、どうして必要なの？

日本の社会をネットで観察していると、この頃、記者会見に対する応酬や反応が多い。全然興味がないのでしっかりと読んでいない。でも、どうして記者会見なんかするのか、という疑問をずっとまえから持っている。

質問があったり、それに答えるのなら、文章でやり取りすれば良いし、みんなにも見てもらいたいなら、それらの文章を公開すれば良い。文章の方が、論理的な物言いが可能だし、不用意な発言も少なくなる。どうして、そうしないのか理解できない。

よくあるのは、用意された文章を読み上げるのではなく、自分の言葉で発言してほしい、という意見。どうして、自分の発声でないと駄目なのか？　誰かが考えた文章であっても、自分の責任で公表するなら、それで良いのではないか。僕は、ちゃんと考えられた、きちんとした文法の、間違いのない表現で出てくる言葉を重要視する。

たとえば、学術論文は、口頭発表は価値が認められず、発表論文としてカウントされない。どんな世界的なシンポジウム、国際会議であっても、口頭発表は軽視されている。そうではなく、学会の雑誌に発表される論文が業績として認められる。

どんな顔で、どんな口調で、どれほど上手にプレゼンしても、評価は内容、コンテンツで判断される。だから、緊急を要する問題でなければ、文章でやり取りすれば良い。記者会見など必要ないのでは、と感じる場合が多い。そんな記者会見をわざわざ生放送で電波に乗せるのも無駄だと感じてしまう。

おそらく、これ自体がエンタテインメントなのだろう。それ以外に考えられない。つまり、発表している側も、質問している側も、どちらもタレントで、演じている。ようは、フィクションなのだ。それなら、いちおうの存在価値があるのかな、と思う次第。

だって、質問しているのは「記者」なのでしょう？　文章を書くことが仕事の人たちなのでしょう？　だったら、質問も文章でぶつけてほしい。答える方もしっかりと文章で答えてほしい。それを何往復かさせるだけのこと。大した時間はかからない。大勢でやりたかったら、ネットの掲示板を利用すれば良い。みんなが見ると思う。ただ、ＴＶには向かない。記者会見のような旧式な儀式が存在する理由は、結局はＴＶ向けだから？

水を差す人がいない社会

地方のお祭りで起こる事故や動物虐待が、最近になってようやく少しだけ問題視されるようになった。僕は二十年以上まえから書いているので、今さらなにかつけ加えることもないけれど、マスコミは、これまでずっとタブーにしてきた。つまり、地方、伝統、庶民の味方であり続けたいから、見過ごしてきた。ところが、ネットで一般市民が声を上げるようになり、少しは対応する姿勢を見せなければ、としかたなく方向転換したのだろうか。このあたり、某事務所の問題を見過ごしたのと、同じメカニズムに見えるが、いかがだろうか？

人が死ぬような事故が毎年のように起こる。是非、祭りに参加していた人たちにインタビューし、「お酒を飲んでいましたか？」くらいの質問はしてもらいたい。その程度のことも、報じられないのは、やはり不自然だろう。

九〇年代中頃、僕がデビューした頃には、マスコミはまだ勢いがあったから、僕が「このままではじり貧になりますよ」と警告しても、「日本人は新聞やTVが大好きだから、ついてきますよ」と笑っていた。それから、新聞を読む人は半減し（購読者数でわかる）、TVを見ない人も増えた（視聴率だけでも明らか）。当時、既にインターネットはあった。数十年後に、ネットがTVや新聞を凌駕《りょうが》することを、まさか予見できなかったのか？

時間を遡《さかのぼ》って責任が追及されるようにもなった。水に流さない社会になりつつある。早めに手を打った方が賢明だろう。

だいたい、タブーというのは、自分で作るものだ。自粛が大好きな日本人は、「これは駄目だ」といわれなくても、自分で駄目なものを決める。だから、なかなか自分ではタブーを壊せない。遠くの人から指摘されて、初めて重い腰を上げる。

は、神輿《みこし》を担いで、わっしょいわっしょいと汗を流している当事者は気づけない。大事なのが多いようだけれど、それを見ている人たちが、「水を差す」ことである。一緒になって拍手をしている人の声を、見逃さないことが、中には水を差すことができる人が必ずいるはず。そういう少数の人と励まし合っている。のちのち効いてくるだろう。

最近の社会全般にいえることだが、とにかくみんなが「美談」で頷き合って、頑張れ、ないか、と意見がいいにくい。人情が通り、正論には耳を傾けない。本当のところはこうなのではうから、黙るしかない。水を差す人がいない。水を差すと、周囲から睨《にら》まれてしま

それも悪くはないだろう。今の日本は、そんな社会になっているように観察される。そして、何十年も経ってから明るみに出て、ただ、大きな問題が、美談で包み隠されたままタブーになる。しかない。正論が通らない社会って、平和だけれど、どうしてみんな黙っていたんだ、と反省するといえる。正論の味方がいない。マスコミが、一部の人たちが泣き寝入りする環境

ネットには、大勢を頷かせる美談の正義しかない。その任務を放棄しているからだ。には踏み込まない。そんなネットに、僕は嫌気がさして、大勢が見て見ぬふりをして、タブーったみたいだ。書くべきことは書いたから、こんな引き籠もりになってしま落葉掃除でもしますか……。

ときどきアップしている書斎の書棚。自著を並べているのだが、その前に模型を置いてしまうから、本を取り出せなくなっている。取り出すことなんてないけれど。

第5回

話し上手と書き上手

手紙を書く習慣がかつてはあった

寒くなるまえに庭園鉄道の信号工事を終了しよう、と頑張ったせいか、その後体調を崩し、数日大人しく寝ていた。例の目眩《めまい》の症状の軽いやつ。医者には行っていない。病院へ行くと、長時間待たされる。苦しいときにそんな思いをしたくないのが理由。回復してから、時間に余裕があるときになら行っても良いけれど、元気な姿で医者に話をしても、ただ聞いてもらうだけで終わるだろう。

数年まえに救急車で運ばれたときは、入院して一週間、さすがにあらゆる検査（血液、レントゲン、ＭＲＩなど）をしてもらった。でも、結局原因は見つからなかった。若い頃からずっと続いている持病なので、自分が一番わかっている。まあ、いつ死んでも惜しくない人生だから、べつに気にしていない。現在は回復し健康。

さて、十二月と一月にエッセィ本が出るので、それらのゲラを確認した。装丁についても打ち合わせていて、一月の単行本の方は、僕が撮影した写真を使いたいと装丁家から提案された。何年か振りに一眼レフを持ち出すことに（ペンタックスK－50のジオンピンク）。

これらの仕事が一段落した頃、ある方からメールをいただいた。同人誌で一緒に活動したS氏が、最近になって行方《ゆくえ》不明らしい。連絡先を知らないか、との問合わせだった。S氏は、僕の六つほど歳下で、会っていた頃の彼は高校生だった。五十年近くまえの話だ。当時は、手紙でしか連絡ができない。電話は、相手が高校生なので自宅にはかけにくい。それで、古い手紙を調べたりしたが、結局見つからなかった。今現在も捜索中。

大量の古い手紙が入った段ボール箱を幾つか開けることになった。地下の倉庫にそれらが積まれている。出てきたのは、ほとんど女性から届いた手紙で、何百通もあった。懐かしい名前や、全然記憶にない名前などを見て苦笑。封筒の中身を出して見る気にはなれなかったけれど。

これだけ手紙が届いていたのだから、それに準ずる数を僕からも送っていたのだろう。当時はワープロもないし、コピィだって高価だった。手紙を書いて送ったら、何を書いたかは手許《てもと》に残らない。相手の家に僕が書いたものがあるわけで、ぞっとするほど怖い話ではないか。小説やエッセィを書くのも、かなり恥ずかしい仕事だが、それに近いくらい恥ずかしいことをしていたようだ。若気の至りで済ますしかない。

若いときに、手で文章を書く習慣があると、少なくとも文章の長さ分は、頭の中で検証する能力が育つだろう。文法的に正しいか、単語の順は最適か、過不足のない形容か、などのチェックが書く以前に行われる。僕の場合、ほかに文章を書くような用事はなかったから、もしかして当時の手紙が、作家の基礎能力となったのかもしれない、と思い出した。冗談だと思って下さい。

文章に紛れ込む自身の感情

手紙が文章の練習になったかどうかはともかくとして、最も影響が大きかったのは論文の執筆だったと思う。論文を書き始めたのは二十一歳くらいだったはず。これを指導教官に手直しされ、文章というものの書き方を学んだ。

ただし、論文では客観性が重要だ。たとえば、今の文章を、「客観性が非常に重要だ」と書いたとしよう。この「非常に」に、書き手の感情が混在し、客観的にその重要性を強調する理由がなければ、無駄な形容となる。つまり、不要な表現である。

論文以外でも、状況を説明する地の文は、できるだけ客観的であるべきで、たとえば、「かなり近い場所で」などと書くと、この「かなり」がどの程度か、誰が「かなり」と感じたのか、何を基準に、何と比較して、という理由が必要になる。語り手がいる場合には、その人物の感覚となるけれど、そうではない地の文であれば、不要といわれてもしかたがない。

また、論文においては、明確な証拠、証明がないかぎり、断定するような言葉は使えない。実験の結果を述べるときは、それは見たままなので断定できるが、そこからの推論は「～と考えられる」というように、推定が可能だ、としか書けない。また、文献に書かれている文章も、そのまま引用することは不可で、「～と述べられている」のように、書かれていることだけを断定する。

最近のネットを観察していると、「誰某《だれそれ》が～といっていた」という呟《つぶや》きが非常に多いけれど、その場合は、その言葉があった場所（引用先）を示さないと意味がない。「～のようなことを」とぼかした表現なら許されるかもしれないが、引用する意味が半減する。「～のようなことをいっていた気がする」になると、自分は馬鹿だという主張とほぼ同じになる。

論文に書いた推論が間違っていた場合は、「考え違いであった」と謝れば済む。しかし、断定してしまうと、考え違いではなく、虚言、捏造《ねつぞう》となるので、当該文章だけではなく、筆者の信頼に関わる問題となるだろう。この場合、「だろう」があるので、これは推論であり、断定ではない。個人的な意見であることを示している。

話し上手は文章下手？

少し話題が逸《そ》れるかもしれないが、話し上手、つまり受け答えが滑《なめ》らかな人は、えてして文章が整っていない。逆に、文章が上手な人は、話し下手であることが多い。研究者の界隈では、文章上手が第一であるから、話し上手はさほど評価されない。考えてしゃべる人は、じれったいけれど、我慢して聞いていると、文章のような構文をしゃべろうとしている。話が長くなりがちだが、間違いが少なく、起承転結があり、黙って最後まで聞くと、ああ、そういうことがいいたかったのか、と納得できる。

ときどき、そういう人がＴＶに出ると、司会者やインタヴュアは話を最後まで聞かずに腰を折るから、何を話しているかわからない結果を招く。ＴＶには向かないが、そういう人は、文章が上手である場合が多い。

逆に言葉が流れるように出てくるタイプの人は、じっくりと聞いていると、内容がない割合が多く、また文法も乱れている。だいたい、政治家に多い。政治家の演説を文章に起こしてみると、それがわかるだろう。ただ、こういう人が、対人で話すと説得力があるし、議論や口喧嘩《くちげんか》にも強い。理屈ではなく、勢いが効くということらしい。

どちらが良い、どちらが優れている、という話ではないし、僕自身がどちらのタイプなのかもわからず書いている。自分のことはわからないものだ。ただ、強《し》いていえば、話す方が苦手で、書く方が得意だった。それを補うために修正をした結果、今では逆転しているような気もする。その程度である。

人前に出ると上がってしまって、すらすらと話せない人もいるけれど、気にすることはない。大したハンディでもないし、逆に好印象だから、面接などにも向いているくらいだ。

これもまた話が違うけれど、吃音《きつおん》の人を数人知っていて、彼らは例外なく頭脳明晰《めいせき》で、頭の回転が速い。頭が良すぎるから、話すと言葉が滞ってしまうのかな、と思えるほどだった。だから、僕は話し下手の人を非常に好印象に捉える。

文章が下手な人というのは、頭脳明晰とはいえない。何故なら、文章というのは、推敲《すいこう》することができるからだ。時間制限内に競争して書くものでもない。タイピングの速い遅いなども価値はない。

最近の若者は、子供の頃から文章でコミュニケーションを取っているから、昔に比べると文章が上手《うま》い傾向にある。でも、文章が上手いのと、内容が良いのとは、また別である。当然ながら、文章の価値の九割は、その内容の価値である。

ドライブ三昧の毎日

昨日は、奥様（あえて敬称）と犬一匹を乗せ、往復で二百キロくらい走ってきた。クラシックカーの調子が良くなっている証拠だ。修理工場へ持っていくたびに調子を上げている。このままでは、最後には新車になるのではないかと危惧されるほどだ。

もう朝は零℃近い。冬は工作室に籠《こ》もって、またいろいろなプロジェクトを進めることになる。そのための材料や資料などを日々集めている。読書が趣味の人は、本を購入して「積読《つんどく》」するそうだが、材料と資料を集めたところで、なかなか着手しない工作好きも多い。自分に対して「さっさと始めなさい」と声をかける羽目になる。この場合、「さっさと」が客観性不足で余計な表現である。

木造橋を渡る四十号機が引く列車。今年は、木造橋と信号機の修繕・拡張工事に半年を要した。来年は何をしようか、と考えながら日々運行。

第6回

救急車に二回乗せられた

救急車に四回乗ったこと

ここ何回か、ちょっと体調不良だと書いたが、先週がそのピークだった。なにしろ、二回も救急搬送された。普通はピークを過ぎれば改善するが、またピークが訪れるかもしれない。そうなったらツイン・ピークスだ。

戦車もヘリコプタも一回ずつしか乗っていないのに、救急車はこれで四回乗ったことになる（うち一回は付添人として）。搬送されるとき意識はあったので、「ああ、また乗ってしまったな」との感慨があった。救急隊員とも顔馴染《かおなじ》みになってしまい、「このまえよりも苦しいですか？」なんて質問されてしまった。

結局、一回めは一日だけ入院。医者は帰っても良いといったが、とても帰れるような状況ではなく、入院させてくれ、とお願いした。二回めは、医者も学習したらしく、注射と薬が効いて歩けるようになり、迎えにきてもらったクルマで帰宅した。

今は、普通。調子が良いわけではないけれど、不調でもない。だいたい、子供の頃からこんな具合なので慣れている。夜ぐっすりと眠れることが一番の幸せだといえる。

死にたくない、とは何故か考えないのだが、しかし、苦しみたくない、とは思う。これは、皆さんだいたい同じなのではないか。長生きしたいとは思わないけれど、苦しむ期間はできれば避けたい、というのが一般的な心理なのでは？　だから、延命措置などは無用で、意識がないうちにあっさり死んでしまいたい、という願望を抱く。

沢山の薬を飲むことになった。僕は成人してから六十歳になるまで、薬というものを一切飲まなかった。子供の頃、親が医者を信仰していたのか、不調になるとすぐに病院へ連れていかれ、薬を沢山飲み、そのせいで余計に体調が悪化した。だから、成人したときに飲まないことに決めた。以後四十年間、病院や医院へ一度も行っていないし、風邪薬も頭痛薬も飲んだことはない。不調になったら、苦しくてもじっと寝て我慢した。

しかし、歳を取って、その程度の体力もなくなったらしい。しかたがないところだろう。あとは騙《だま》し騙し生きるしかないようだ。薬を飲むのは、苦しさを一時的に避けるためであり、健康を取り戻すためではない。そもそも健康ではなかったので、取り戻すという表現が間違っている。

さて、ここ三日ほどは、なにごともなく過ごしている。ようやく食事もできるようになり、庭園内を犬と歩いたりもしている。ちなみに、食事制限はないので、なんでも食べられるのだが、そもそも、なんでも食べたいと思ったことがない。あれが食べたい、これが食べたい、といった欲求が皆無なのだ。それでも、久しぶりにリンゴを食べた。

庭園は、落葉が降り注ぎ、僕が不調な間に厚さ十センチほども積もった。昨日と今日は、これらを集めて燃やしたが、まだまだ全体の二パーセントほどしか焼却できていない。犬の散歩は、今日から行けそうな感じになっている。

点滴とか注射とかであった誤解

今回の入院でも点滴を長時間受けた。点滴を知らない人はいないと思うが、ようするに血管に直接なにかを流し込む行為。たいていは、栄養補給であり、点滴を受けていれば、口から食べなくても生きていられるようだ（確信はないが）。

透明の容器に入った溶液が、高い位置に吊《つ》り下げられていて、そこから腕に刺さった針までチューブがつながっている。途中に流れを止めたり調節したりするコックがある。高低差が液圧となって加わるから、体内へ溶液が少しずつ流れ込む。一気に沢山入れると危険だから、時間をかけてゆっくり入れる。チューブの途中に少し太い部分があって、そこで一滴ずつ溶液が落ちるのを見られるようになっている。

さて、かつては点滴の溶液がなくなるまえに、ナースコールで看護師を呼ぶか、自分でコックを閉めて流れを止めるかしたものだ。僕は子供の頃に何度か点滴を受けたから、そう指示されたのを覚えている。

ミステリィのトリックの本に、血液中に気泡を入れる、という殺害方法が書かれていた。空気が混入すると血液が凝固するからだそうだ。それが心臓近くで血流を止め、心不全を招くとあったように記憶している。この殺害方法を用いたミステリィ小説もあるらしい（読んだことはないし、どんな作品かも知らないが）。

最近は点滴慣れしてしまい、点滴中でも僕はすぐに眠ってしまう。そして、気がつくと溶液はなくなっていて、チューブの途中まで液面が下がっている。「おっと、危ない。死ぬところだった」と飛び起きるかというと、そうではない。

人間の血管中の血液には、心臓というポンプによって圧力がかかっている。これを「血圧」と呼び、普通は「mmHg」の単位で、脈動の範囲を高い値と低い値で示す。この単位は、水銀の高さで示される液圧であり、百mmHgならば、水銀を十センチだけ持ち上げることができる圧力だ。水銀の比重は十三・六なので、水だったら、この十三・六倍。血液は水よりほんの少し重いが、だいたい同じ。つまり、血液を一メートル以上押し上げる圧力になる。したがって、たとえ点滴の容器が空になっても、溶液がすべて血管へ流れ込むことはなく、チューブの途中で釣り合って止まる。ご安心下さい。

それから、血液に小さな気泡が紛れ込んだだけで死に至る、というのも事実ではない。

詳しいことが知りたければ、ネットで検索すれば良い。

ミステリィに向かない科学技術

点滴には関係ないが、『刑事コロンボ』で、サブリミナル効果（わからない人は検索）を利用した殺人の話があった。かつては、これが信じられていたのだ。でも、サブリミナル効果というものは存在しないことが、既に科学的に証明されている。ミステリィのネタは、時代とともに枯渇していく。

最初に思い浮かぶのはＤＮＡ鑑定、その次は携帯電話、さらには防犯カメラなどの増加。これらが実現・普及したことで、数多くのミステリィのトリックが不可能になってしまった。

そもそも、躰《からだ》の一部でさえ、他人とすり替えることはもうできない。かつては、指紋だけが個人を特定する手がかりだったから、入念にそれを拭き取ったり、手袋をして犯行に臨んだりしたものだが、今では髪の毛一本落とせないから、犯人は大変である。どんなに洗っても、血液の反応が出たり、グラスに口をつけただけで、個人が同定できる。しかも、それが決め手となるほど重要な証拠となる。

一方で、かつては供述が重視されたのに比べ、今では自供はほぼ証拠として扱われない。

犬と一緒に散歩する目的地の一つが、この小川。魚が泳いでいるのが見えるが、魚を釣ったり獲ったりする人を見かけたことはない。流れはいつも穏やか。

探偵による謎解きで追い詰められ逃走を図っても、それだけで犯人だとは確定できない。今でも、このような結末のミステリィが多い気がするけれど、そんなに簡単に事件は解決しない。

ニュースを聞いていると、「警察が動機を調べています」と語られるが、動機を調べることにどんな意味があるのか、僕には理解できない。もっと気になるのは、「なんらかのトラブルがあったものと見て調べています」という文句。人が殺されているのだから、トラブルがあったことは自明であり、わざわざいうほどのことか、と思う。それとも、動機もなく、トラブルもないのに、趣味で殺人を行う加害者の可能性を示唆《しさ》しているのだろうか？

そんなこともあって、ミステリィ小説は書きにくくなった。昔の話にするか、科学捜査ができない状況（たとえば、嵐の孤島など）を無理に設定するしかない。海外のドラマでも、近代化が遅れているリゾート地を舞台にしたシリーズが幾つかある。この種の物語のクリエイタの多くが困っているのは確からしい。

落葉掃除とドライブ

その後、病気は一段落した（医者のお墨付きも出た）ので、庭園内の落葉を集めて燃やす作業を始めている。その合間を見て、庭園鉄道も毎日運行している。僕の担当する犬は、ドライブが大好きで、二日に一度はクルマに乗せないと欲求不満で元気がなくなる。乗せたら、人（犬）が変わったかのごとく、大喜びし、興奮して騒がしい。対向車とすれ違うごとに一回ずつ吠える。陸上部のコーチがトラックを走る選手たちを激励しているみたいな感じである。反対車線が渋滞していたら、どうなるのか心配だが、幸い、この地では渋滞というものはない。

第7回

鬼に金棒、意見に理由

理由がなければ理解してもらえない

その後、おかげさまで（という科学的根拠はないが）、ずっと体調は安定している。毎日ぐっすり眠れて幸せだ。落葉掃除も八十パーセントくらいの出力でのんびりとやり遂げている。工作はいつもの半分くらいに自重。小説の仕事はしていない。ただ、今週からゲラを読まないといけない。小説でもエッセィでも、自分の書いた文章を読むほどつまらない時間はない。仕事だからしかたがない、という言い訳で自分を納得させる以外に手はない。「しかたがない」というのは、そういう言葉だ。

校閲の人がときどき、「表記の揺れ」について指摘してくる。たとえば、僕の場合、「何」と漢字で書いたり、「なに」と平仮名で書いたりしている。どちらも読めるし、間違いではないけれど、気まぐれで定まらないから「揺れ」ていることになり、少々みっともない。プロの物書きとしては避けなければならないのである。

しかし、これには理由がある。僕は「ｗｈａｔ」の意味なら「何」とし、「ａｎｙ」の意味なら「なに」と書く。そういう自分のルールに従っている。だから、「何が心配ですか？」「いや、べつになにも」となる。場所の「前」「後」は漢字だが、時間の「まえ」「あと」は平仮名にしている。ｓｗｉｎｇは「ふる」で、ｓｈａｋｅは「振る」と書くから、「首を左右にふる」「首をぶるぶると振る」となる。「繰り返す」は動詞だから「り」を送るが、「繰返し」という名詞なら「り」を送らない。この最後のルールなどは、学術論文を書くときにも従っていた。

このまえ、文章は論文を書くことで覚えたという話をしたけれど、自分だけなら面倒くさいルールはいらない、と感じる。どっちだって良いじゃないか、と思う方だ。

しかし、学生が書いた文章に赤を入れる場合、「ここは漢字に」「これは平仮名」と直すときに、指導する側が「揺れ」ていては困る。学生から、「どうしてここだけ漢字なのですか？」と質問されたときに、明確な理由を答えなくてはいけない。たとえ勝手なルールであっても、従うべき規準があれば、以後はそれに準拠するだけで楽ができる。つまり、「ここは、なんとなく平仮名の方が良いような気がする」という曖昧さ、あるいは個人の気分は、他者に理解してもらえない。

これは、広く応用できる。たとえば、意見を述べるとき、なにかの要望をするとき、相手に納得してもらえるだけの説得力が必要だが、「なんとなく」とか「そうしてほしい」

とか「その方が好ましい」といった感覚ではなく、なんらかの「理由」が必要であり、その理由は、個人の感情・感覚とは無関係な、誰でも判断ができる規準となる表現でなければならない。この点が、一般的に理解されていないとしばしば感じるところである。

意見の対立の典型的パターン

どこかの並木を開発のために伐採することになり、これに対して反対運動をする。反対する側は、「市民の憩《いこ》いの場だった。緑がなくなるのは自然破壊だ」という。一方、推進したい側は、「これまで以上の本数の樹を植えます。緑は増えます」と答える。よくあるパターンだが、これは双方で、時間のスパンに相違がある。反対派は「今」樹がなくなることを問題視し、推進派は「将来」樹が増えることをイメージしている。反対派はあと数十年しか生きられない老人で、推進派は将来を重視する若者かもしれない。えてして、このような「時間」の捉え方に食い違いがある。

また、もっとよくあるパターンとして、次のようなものが挙げられる。

まず、批判する側が、「これこれこのような疑惑が持ち上がっている」と指摘すると、批判された側は、「調査をしたところ、そのような疑惑は確認されなかった」と応じる。すると、批判側は、「疑惑を否定した」「疑問に答えていない」と反発する。

この場合、「疑惑は確認できなかった」と疑問に答えているのだから、疑惑を否定しているわけではないし、また答えていないわけでもない。次に、批判側がしなければならないのは、疑惑の証拠を示すことである。だが、これがなされていない場合が多すぎる。

もう少し一般化すると、批判側が「このような問題があるがいかがか？」と疑問を投げかけると、批判された側は、「このように対処している」と答える。すると、批判側が、「そんな解決法は信じられない」と反発する。このケースが非常に多い。

この場合も、信じるか信じないかは個人的な感覚であるので、それで相手を牽制《けんせい》することはできない。信じられないのなら、何故信じられないのかという理由を、できれば証拠を示して述べるべきである。

多くの場合、なにかの意見に反対する側も、あるいは賛成する側も、自分の感覚的な判断を主張しているだけなので、その時点で議論が止まってしまう。議論が止まると、対立がそのまま持続するだけで、解決には至らない。

また、「このような危険が考えられる」と反対し、「その危険を最小限にする努力をする」と答える、といったパターンも多い。もう少し表現を赤裸々にすると、「絶対にこうだと考える」と「そうは考えられない」の対立である。両者ともに、考えるか考えないかの違いにすぎない。何故そう考えるのか、という理由がまったく示されない点に問題がある。

一方は「警告したのに回答がない」と怒り、他方は「警告には応じている」と憤《いきどお》る。

問題は、このような対立を「議論」や「意見交換」だと認識していることだ。両者が歩み寄らず、睨《にら》み合っている状態では、解決を導く要素がない。

問題解決を遅らせる文化

結局のところ、両者が解決しようと考えないかぎり、問題は解決しない。逆に見ると、解決しないままの問題は、両方か、あるいはいずれかが、解決したくないと考えている。解決したくないのは、相手が気に入らないからであって、問題が生じている対象はどうだって良い、と位置づけている。気に入らないから気に入らないのだ。その相手がいなくならないかぎり、この種の対立は続く。

そういうわけで、このような問題は「謝罪」では解決せず、お決まりのパターンは、トップが辞任することである。問題を解決しようとせず、相手を排除することに主眼があるため、すぐに「辞任するおつもりはありませんか?」と尋ねることになる。

日本にこれが多いように感じるのは、根拠のない感覚かもしれない。ただ、日本には、「禊《みそぎ》」の精神が古来ある。なんでも新しくして、白紙に戻して、水に流してやり直そう、と考える。そういう「気持ち」だけの処理を「解決」だと大勢が認識している。

それを繰り返してきた歴史があるようにも思われる。具体的な対処をしないで、ただ人間を入れ替えるというのは、コンピュータでいうと、エラーが出たらリセットする、という対処に似ていて、その場はとりあえず復旧できるかもしれないが、根本的な問題解決にはならない。文系・理系とあまりいいたくないけれど、この解決は、文系的な解決であり、理系的には解決ではない、とも感じるが、いかがだろうか？

そう考えてしまうのは、理系の問題には、「これが原因」という部分が存在するからだ。だから、そのエラーの原因、つまりバグを取り除けば良い。しかし、文系の問題には、そのような確固とした原因が存在しないのかもしれない。僕にはそのあたりがよくわからないから、想像で書いている。

つまり、問題を解決したくないのは、そもそも問題の原因が存在しないからかもしれない。原因がある問題と、原因がない問題があって、まずはその見極めが必要だろうか。もし、本気で問題を解決したいときは、対立する相手と合意できる妥協点を探るしかない。相手が、ただ主張したいだけの人の場合、それは「対立」でも「問題」でもない、と認識する以外にない。

犬のシャンプーをした

朝から百立方メートルほどの落葉をドラム缶六基で焼却した。そのあと、僕が担当の犬をシャンプーした。再び庭に出て、落葉をまた百立方メートルほど袋に集めた。このあと、重さ十キロのブロア（エンジンで空気を噴出し、落葉を吹き飛ばす道具）を背負って、掃き掃除の予定。秋は忙しい。ほとんどが肉体労働。若いときから、コンクリートを練る以外では、肉体労働というものに縁がなかったから、最近になって「良い汗」の意味が少しわかった。

本連載のまえに書いていた『静かに生きて考える』（ＫＫベストセラーズ）がもうすぐ本になる予定だが、その再校ゲラが届いた。まずは、初校ゲラと突き合わせて、指示した修正がされているかをチェック。これに三時間近くかかった。こういう文字を読む仕事が苦手である。どうして作家になったのか、と不思議でならない。

好きで得意なものが、実は仕事として向いていない。逆に、嫌いで苦手なものが、仕事として向いている。そういうことが世の中には、ままあるようだ。

第7回
鬼に金棒、
意見に理由

朝食のとき、人間と同じようにテーブルに着く犬。僕はなにもあげないので、一瞬たりともこちらを見ない。じっと見つめているのは奥様（あえて敬称）の方。

第8回　社会から受けるコントロール

毎日が平日という生活

この原稿は、公開より一ヵ月以上早く書いているから、まだクリスマスもだいぶさき。さて、二〇二四年が始まるわけだが、閏年《うるうどし》だから、もしかしてどこかでオリンピックがあるのだろうか（興味の対象外で、単に書いてみただけ）。「どんな年にしたいですか？」なんてインタヴューされることがあるけれど、毎年どんな年にしよう、と決めてかかる人がいるのは普通なのだろうか。「あなたは、毎年どんな年にしたいかを考える人ですか？」という質問かアンケートをしてもらいたい。それとも、「昨年はどんな年にしたかったですか？」でも良い。まずは、その計画が実行され、そのとおりになったかどうかの評価が先決ではないだろうか？

僕の年末年始は、工作に没頭するか、あるいは仕事に没頭するかのどちらかだった。世間が静かになるし、仕事場も静かになるから、コンディションとして最適。過去を振り返ると、だいたい何を作ったかが思い出せる。たとえば、博士論文を書いたのも年末年始だったし、あの模型を作ったのもそうだった、などとぽつぽつと記憶が蘇《よみがえ》る。しかし、この頃は毎晩十時にはベッドにいるので、年越しは夢の中で迎えている。

僕は、成人してから炬燵《こたつ》というものに入ったことがない。それからミカンも何十年も食べていない。奥様（あえて敬称）の部屋には炬燵がある。彼女は夏でもそれを使っている。また、きっとミカンも召し上がっていることだろう。僕は、もう四十年以上、初詣《はつもうで》には行かないし、神社で賽銭《さいせん》を投げたこともない。おみくじというものを、これまで一度も引いたことがない。どうして、あのようなものに金を使うのか理解できない。もったいないことだな、というのが素直な感想である。

普段でも、平日と週末の時間の過ごし方は同じ。当然ながら、大晦日《おおみそか》も正月も、ついでにゴールデンウィークもお盆も、特に生活パターンに変化はない。毎日がコンスタントで、カレンダに支配されず、自分のペースで行動している。こういうことが可能なのは、他者との関わりがないからだ。自分以外の人間となにか行動を共にしようとすると、社会の決め事が自分の内側にも侵入してくる。若いときはしかたがなかったけれど、今はそういった関係が消失した。

もちろん、特別な計画を立てる場合はある。そういうときは、季節や天候との相談になる。人間が決めたカレンダに影響される人が多いのは、どうしてなのだろうか？

他者が決めたことに従う人々

季節の風物詩を大事にしている人が多い。僕の奥様がそうである。満月を見て饅頭《まんじゅう》を召し上がっている。そんなに好きなら、毎日食べたら良さそうなものだが、満月は人工ではなく自然なので、その点はほのぼのとしている。

スケジュールだけではない。たとえば、自分の命を守るためにヘルメットが必要だと判断すれば、それを被れば良いだろう。社会のルールに従うまえに、自分で決めた方が良いはずなのに、どういうわけか、大勢と同じようにしなければならない、と考える。

また逆に、自分が判断したことを大勢にも従わせようと訴える人も多い。なにかが危険だと自分が感じたなら、自分はそれを避ければ良い。自分が研究した成果を広めたいなら、わからないでもないけれど、親切で他者に訴えているのなら、もう少し穏やかに丁寧に説明した方が相応《ふさわ》しい。

マナーだとか、ルールだとか、そういった決め事を持ち出す場面も散見される。しかも、それに従わない人を非難する。もし明確に違法ならば、警察が取り締まるべきことだ。「こうしてほしい」というようなものは、単なる「願望」であって、すべての人が従う義務はないのは自明。

ところが、日本には「こうしてほしい」と社会に真顔で訴える人が沢山いて、その最たるものはマスコミだろう。みんなで願望をいい合って、大勢の声を集め、少数派を追い詰めるようなシステムになっているらしい。マナーは願望であるが、ルールは願望ではない。これだけは区別してもらいたい（これも願望だが）。

ところで、毎日の生活で、自分のスケジュールを自分だけで決められない人が意外と多いように観察される。未成年や社会人になりたての人はしかたがないけれど、年齢が上がるほど、自分で自分をコントロールできるようになっているはずだ。違うだろうか？

毎日何をするのか、自分で決めていますか？

他者、そして社会による束縛

人間は群れを作る動物だから、集団で生活し、協力して行動するルールが自然に生まれた。それらが、常識やマナー、ルール、そして法律になった。かつては、身分、土地、あるいは血縁関係に縛られた生活を強《し》いられていた。これらは、しだいに緩み、個人の権利が認められる社会になった。若者が都会や海外へ出ていくようになり、最近では、逆に田《い》舎《なか》へ移住する人も増えている。

科学技術が進歩し、個人の行動を制限するものは昔に比べて激減した。将来はもっと自由になるだろう。たとえば学校では時間割が決められているが、それは、先生が人間で、しかも一人だから、大勢に同じことを教えるしかないためだ。もし、先生がＡＩになったら、それぞれが好きな時間に好きなことを学べるようになるだろう。

週末や休日が決められていて、人々が同じスケジュールで活動しているのは、大量生産をするために、工場などで協力し合って同時に働く必要があったからだ。他者と歩調を合わせることが、これまでは常識だった。しかし、そろそろそんな必要のない社会になりつつある。好きなときに働き、好きなだけ休めるような仕事が増えるだろう。そして、どちらかというと、そちらの方が自然なのは野生の動物を観察してもわかる。うちの犬たちは、人間に歩調を合わせて生活しているけれど。

大事なことは、何が常識か、何が自然か、という判断の基礎となる個人の価値観なるものが、長く揺らがないほど強固なものではない、という点である。考え方は、年齢を重ねるにしたがって変化する。もちろん、社会も時代とともに変化する。「これはこういうものだ」とある時期に見切ったつもりでいても、少し時間が経《た》てば、もうそのとおりではない場合が多い。

さらにもう一点、みんなが望んでいることが、その願いのまま実現するとはかぎらないこと。どういうわけか、「そんなはずはない。これだけ大勢が願っているのだから」と考える人がいる。でも、たとえば、オリンピックで日本の選手の金メダルを願うようなもの

庭園内の広葉樹はほとんど葉を落とした。落葉掃除もほぼ終了。中央に落葉を集める袋が集結しているが、ここで焼却しているため。

で、単なる願いがいくら集まっても、実質的な力にはならないから、願いどおりの結果を導くことはむしろ少ない。もっと現実的な理由によって、結果はだいたい決まる。

どうして日本の政府は国民の願いを叶《かな》えられないのか、と思い悩む人も大勢いるだろう。消費税なんか撤廃した方が良い、と考える。それが正義だと認識している。もちろん、そのとおり、誰も税金なんか払いたくない。

そういった考えの是非はともかく、この種の「願い」にも、人は束縛されている。願って、期待して、じっと睨《にら》みつけている。でも、願いも期待も叶わない。そうして、自分の目の前にある不満、不安から逃れられなくなる。願うこと、期待することで、時間を取られ、別の道を選ぶチャンスを逃す。これも、社会による束縛の一つではあるが、実はそれを作り出しているのは自分だ。もちろん悪くはない。そういう趣味だと考えれば、贅沢《ぜいたく》なものかもしれない。

作家としての仕事もなんとなく

森博嗣は「引退した」あるいは「引退するといった」と狭く近い範囲では認識されているはずだが、どういうわけか執筆依頼が後を絶たない（表現が不適切？）。本を書いてくれ、雑誌に寄稿してくれ、推薦文を、講演を、といろいろメールが届く。もちろん、「大変光栄などご依頼ですが、引退しているので、ご辞退させていただきます」と答えている。申し訳ない、とは感じる。もっと健康で若くてエネルギッシュで、もっと稼いでもっと散財したい、という森博嗣がいたら良かったのにね。

ところで、全然関係のない話をしよう。外国人がインタヴューに答える場面で、日本語の吹替えや字幕の台詞《せりふ》が、やけにタメ口になっているのはどうしてなのか？　男性なら「〜だよ」だし、女性なら「〜だわ」になる。もう少し丁寧な口調に訳してもらいたい。

第9回

右肩上がりでない未来

持続と維持の大切さ

体調不良を何度か書いたので、お見舞いのメールなどが多数届いた。その後は元気ですので、ご心配なく。一方、奥様（あえて敬称）のスバル氏は、目の手術や足の捻挫などで、ここ最近は一人で歩けない状況。秋にガーデニングに頑張りすぎたせいかもしれない。いずれも病気ではなく怪我の部類なので、時間が経過すれば治るものだから、こちらもご心配なく。犬たちは、いたって快調。庭園鉄道もクルマも快調。

寒い季節になると、怖いのは停電だ。これは自宅外で発生する現象なので防ぐことは難しい。天候に起因する災害は、住む場所を考慮したり、補助的な対策（たとえば発電機の用意など）しか打つ手がない。できるだけ安全で安心な場所を選んで住みたいものだが、たいていの人はその方面で不自由な様子が窺《うかが》える。国民の生活を考えるのなら、こういった環境整備に税金を使ってもらいたい。それが政治というものだと考えているが、目に見えにくい政策は国民の受けが悪い。必然的に、受け狙いの政策ばかりを小出しにするから、せせこましいリーダになってしまう。

とはいえ、自分の庭で運行している小さな鉄道でさえ、完璧な状態を維持することは難しく、つぎつぎとトラブルが発生し、その修繕・復旧に追われる毎日であるから、人のことはいえない。なにかを作り上げるのも大事だけれど、それ以上に、それらを維持することに頭を使わなければならない。

つい、完成したら万歳、あとはもう幸せな毎日が待っている、と思いがちだが、あらゆるものが劣化する。日本の産業というのは、発展するシチュエーションばかりに注目しがちで、発展ののち頭打ちとなるだけで、とたんに斜陽だ、じり貧だと溜息をつく。もう少し、物事を持続する行為、じわじわと生き延びる方策、そういった水平飛行の姿勢に目を向けても良いのでは、と思う。「粘り強い」と、わざわざ評価するほどのことでもなく、滑空するように自然体で高度を下げるのも、ある種の「健康」といえるだろう。べつに「V字回復」しなくても良い。過去の繁栄を夢見て、あれこれ薬やサプリを求めるのは、むしろ不自然だ。

年寄りこそ、そういった境地になれるチャンスといえるのだから、「発展志向」の社会に率先して水を差す役割を果たしてもらいたい。そんなタイプの政治家が不足しているのは、「発展志向」に取り憑《つ》かれた業界からの献金が、政治家の偉さの指標になっているせいでは、と想像する。

ライフサイクルコスト

古いおもちゃを沢山持っている。機関車の模型は百年以上まえの製品も珍しくない。動力は、ゼンマイか、あるいは蒸気機関、つまりアルコールを燃料として火で水を温め、発生した蒸気でピストンを動かす仕組みだ。こういったおもちゃは、その後はモータと電池に駆逐《くちく》され、すっかり消えてしまった。室内で火を使うおもちゃなんて、現代では危険すぎて許容されない。近頃の子供は、火を間近に見ることさえないのだ。

百年もまえのおもちゃが、今でも動く。金属が錆《さ》びるけれど、気をつけていれば大したことはない。だが、モータや電池はどうかというと、こちらは劣化が早い。電池は数十年で完全に駄目になる。モータはプラスティックが使われていると、その部分が割れたり、変形したりして直せなくなる。

先日、ドイツの人から突然メールが来た。彼が持っているドイツ製の古い機関車のシャーシが変形してしまい、直せなくなった。ダイキャスト、つまり鋳物《いもの》でできていて、亜鉛が使われている。五十年くらいまえ、おもちゃによく使われた技術だが、劣化して、膨張したりひび割れたりする。彼の機関車のシャーシもバナナみたいに曲がってしまったのだ。

ネットで検索して、同じ機関車の所有者を探したところ、十年まえに僕がアップした動画を見つけ、連絡をしてきた。「今もそれを持っていて、もし正常ならば、寸法を測って教えてほしい」という要望だった。

ドイツでは、同じ機関車を持っている人が見つからなかったようだ。五十年くらいまえに数百台生産されたものらしい。彼は、「ここの寸法を知りたい」と、自分で描いた図面を送ってきた。さっそく、寸法を測って、図面に数字を書き込んで送り返した。僕の機関車が無事だったのは、たまたま環境が良かったのか、それとも鋳物の調合に偏りがあったためなのか、いずれかだろう。

工業製品は、それが作られる過程、使用される過程、廃棄される過程を想定して、デザインしなければならない。太陽光発電は使用過程では省エネで環境に優しいけれど、製作されるときにエネルギィを使い、破棄されたのちにも環境負荷がある。そういったトータルの性能を評価しなければ、本当に環境に優しいのかはわからない。

新しい燃費が良い自動車を買うよりも、古い自動車を直しながら長く乗る方が環境負荷が少ない。省エネだからと新製品に飛びつくことは、むしろ環境的にマイナスとなる。生産する業界は、そういった不都合なことを表に出さないから、消費者は惑わされるのだろう。「ライフサイクルコスト」というのが、この視点である。

「省エネ」「環境保護」と宣伝された新商品が作られているが、実は、そういった新しいものを作らず、なるべく長期間同じ製品を使い続ける方が地球に優しい結果となる。

地球環境保護のためには?

　ここ数日、工作室で古い模型の修理をしていた。人が乗って運転できるサイズの蒸気機関車で、十五年まえに買った日本のメーカの新製品だった。足回り(動輪やサスペンションの意味)のプラスティック部品が劣化したため、耐久性のある新しい部品と交換した。今日は、その試運転を行い、石炭を焚《た》いて、庭園をぐるりと二周(約一キロ)走ってきた。気温はぎりぎりプラスの極寒だったものの、蒸気機関車はストーブのように暖かいから、気持ちが良かった。

　蒸気機関というのは、ひと昔まえのテクノロジィである。鉄道は、その後はディーゼルになり、そして電気で走るようになった。かつて沿線では石炭の排煙に苦しんだし、運転士もトンネルを抜けるときは命懸けだった。今は、自動車がようやく電気で走るようになりつつあり、排気ガスから解放されるクリーンなイメージを人々は抱いている。

　だが、その電気はどうやって作られているのかというと、石炭や天然ガスを燃やす蒸気機関であったり、エンジンによるものであったりする。つまり、なにも変わっていない。もちろん、発電所に集約することで高効率にはなる。しかし、送電や蓄電で失われる分も比率として大きい。原子力発電ならばクリーンだが、こちらはもしものときの被害が怖い。

二酸化炭素を増やしてしまったことが、温暖化を招いていて、異常気象による大雨や大型台風の災害につながっている。今までは大丈夫だった備えが、これからは万全とはいえない。平野に住んでいれば堤防が決壊して洪水になるし、山に近ければ土砂崩れが懸念される。対策としてインフラを整備すると、そこでもまたエネルギィが必要となり、二酸化炭素を増やしてしまう。

どうすれば良いのか？　答はわりと簡単で、人口を減らせば良い。そのうえで、安全な地域で、新しいものをなるべく作らず、既成のものを維持して暮らしていく。人は移動せず、創造的な活動はヴァーチャルで行う。争いを避け、産業の発展、経済の発展を諦めること。商売で大儲《おおもう》けしようという資本主義の夢を捨てること。さて、これができるだろうか？

今いけいけで稼いでいる人たちは反対するだろう。そういう人たちから献金を受けている政治家も反対するだろう。ここ百年ほどは、つまりこんな具合でぐずぐずと問題をさきのばしにしてきた。人は皆どうせ死ぬのだから、自分が生きている間くらいは贅沢《ぜいたく》がしたい、と考えてきたのだ。子供のため、子孫のためなんて、綺麗事ばかりいいながら……。

仕事がなければ不自由はない？

スバル氏は、キャスタ付きの椅子を通販で取り寄せ、それに座って家中を移動している。アルミ製の軽量松葉杖も購入して、屋外へも出ていく練習をしている。僕は、何十年か振りにリンゴをナイフで剝《む》いた程度で、特に不自由なく過ごしている。

不自由を感じないのは、仕事がないからだ。仕事があったら、こうはいかないだろう。多くの人は、仕事があることが普通で、当然で、自然だと思い込んでいるけれど、実はその反対で、特別で、異常で、不自然な状態なのである。生活するためにやむをえず仕事をしなければならない、という特殊な環境に陥《おちい》っている。どうしてそうなってしまったのか、スマホに手を当てて考えてみよう。

日本製のライブスチーム(蒸気で走る機関車の模型)。ここ数年の間に、日本のメーカは衰退し、いろいろなジャンルから撤退している。マイナな趣味こそ需要になるとは考えなかったようだ。

第10回

老人になっても社会人である

転ばない老人になりたい

この二週間は、年末年始だった。あえて敬称の奥様、スバル氏が、クッションを抱えたままウッドデッキへ出ようとして、足を踏み外し、捻挫で歩けなくなっていたが、一週間後には立てるようになり、どうにか移動できるようになった。外科へも行き、レントゲンを撮ってもらった。医者は、なにもいわなかったそうだ。薬も湿布も出ず、もう来なくても良い、といわれたとか。怪我から三週間経過し、犬の散歩に同行できるくらいには回復した。ようするに、大した怪我ではなかった奥様（あえて軽傷）である。

庭掃除の仕事も一段落し、工作の時間を充分に取れるようになった。工作室に毎日四、五時間は籠《こ》もって作業を続けている。おかげで、立っている時間が長くなり、少々筋肉痛である。そう、工作をしているときは、だいたい立っているのだ。旋盤もボール盤もフライス盤も、すべて立ち仕事。ヤスリやノコギリも座っては使えない。それに、座るための椅子には、知らないうちに道具や材料がのってしまい、座る場所もなくなっている。

スバル氏ではないが、この歳になると、転んで怪我をする危険性が高まる。高齢者は、転びやすいし、骨折しやすい。しかも、そういった怪我が原因で体力が落ち、そのまま寝たきりになって亡くなる方も珍しくない。周囲の老人にこの例がとても多いから、とにかく転ばないようにしよう、そのためには、とにかくゆっくり動くことだ、と自分にいい聞かせている。

最近だと、箱を持って庭を歩いていて、切株に躓《つまず》いて怪我をした。若いときの骨折は、地下鉄の階段で転んだからだった。もともと転びやすい人かもしれない。七転び八起きというが、起きる方が一回多いのは、生まれて最初に立ったときを勘定に入れた？

僕がうっかり怪我をする理由は、はっきりしている。遠視だからだ。近いものを見ていない。いつも遠くを見ているせいで、手許《てもと》足許が覚束《おぼつか》ない。加えて、せっかちだから、つい慌てて動こうとする。気が早るのだ。そのわりにけっして俊敏な運動神経を持ち合わせていない。頭で考えるイメージにボディがついてこられない。このギャップが問題らしい。だから、頭がもう少しぼけて、回転が悪くなれば、釣り合いが取れるだろう、とだいぶまえから期待している。

考えてみると、二足歩行というのが、転びやすいデザインだ。ソフトに頼りすぎている。すなわち、センサと演算速度（つまり反射神経）に依存したシステムだから、センサや演算速度が衰《おとろ》えると成立しない。こんなに長生きするようにはできていないメカニズムなのかもしれない。

年寄りに向かない日常

二十年くらいまえから書いているから、四十代で既に老人だった可能性もあるけれど、お菓子の包装が道具を使わないと開けられない、という問題。切り口があって、そこから破いても、期待したとおりに開かず、中身が上手《うま》く取り出せない。結局、ハサミかナイフが必要になってしまう。

僕の父は、自ら希望して老人ホームに入居した。個室でテレビも持ち込み、ソファに座ってゆったりとお菓子を食べながら寛《くつろ》ぐつもりだったのに、そのお菓子の封を開けるために必要な小さなハサミが、持込み禁止だった。そのため、いちいち職員を呼び、開けにきてもらわないといけない。近頃のお菓子は一口ずつ密封されているから面倒だ。そのうち食べるのが嫌になってしまう。お菓子のメーカは、この問題を把握しているのだろうか？

たとえば、ペットボトルのキャップを最初に開けるときなども、相当な握力が必要だ。そういうときはゴム手袋をはめてやりなさい、というデザインなのだろうか？　缶詰のプルキャップも、指が丈夫な人でないと開けられない。身近な人に頼まないといけなくて、そんな機会にコミュニケーションが取れるようにデザインされているのだろうか？

もっと一般的なものだと、駅やお店ではタッチパネルのモニタで、注文したり、選んだりしなければならないのが、老人には向いていない。理系の仕事をしていた人は逆に得意かもしれないけれど、それでも初めての場所だとストレスがかかる。まず、文字を読むようなメガネの用意がないから、表示が読めない。言葉を発する機械の場合、何をいっているのか聞き取れない。機械でなくてもほぼ同様で、店員が話す言葉が早口すぎてわからない。耳が遠いのに加えて、言葉の解釈能力も衰えているのだ。

僕はまだ大丈夫だが、八十代、九十代の先輩方からよく聞く話である。自分の趣味になると俄然言葉が溢《あふ》れ出て、普通に会話ができるのに、ドライブスルーで注文できなかったりする。

僕が知る範囲では、男性の方が不具合が多い。これは、恥ずかしい思いができない、というプライドが災いしているためだろうか。

最近のニュースで多いのは、高齢ドライバの運転ミスによる事故。だが、運転ミスは、若者でも中年でも起こす。人間はミスをするものであるから、それを機械やソフトで防止する方策を考えるべきだ。否、既にその方策も技術も存在する。問題は、それを義務づけるルール、それにかかる費用の負担、といった行政に帰着する。

人間をもっとしっかりとさせることは、無理だと思われる。極端な例では、運転中に突然意識を失う人もいる。そのときクルマを自動的に停車させる装置がないのは、規制が遅れているとしか思えない。

ただ、もう一つの方向性が将来的には考えられる。それは、人間自体をもっと機械化するもので、肉体的障害に起因するミスを防止するための補助具を人の躰《からだ》に入れることになるかもしれない。そうまでするよりも、人間はもう仕事をしないで、ＡＩにすべて任せる方がよろしいのか?

社会との折合いをつける

昔の年寄りというのは、今の年寄りよりも「しかめっ面」で、子供たちをよく叱《しか》った。外で遊んでいる子供は、見知らぬ年寄りから、いろいろ注意を受けたものだ。今では、そういう光景は少なくなった。年寄りは皆ににこと笑っている。それどころか親も滅多に叱らなくなった。だから、子供たちは奇声を上げ、叫びながら走り回り、石や落葉をけちらして、のびのびと遊んでいる。そんな光景に出合うと、犬は怯えてしまう。人間の子供ほど怖いものはない、と認識していることは確かだ。うちの犬たちは、子供を見る機会が滅多にないので慣れていない。だから、きゃあきゃあ叫びながら親しげに近づいてくる子供を見ると、「危険ですから帰りましょう」といって引き返そうとする。動物の本能とい

庭園内で撮影した元旦の初日の出（奥様の要望でつき合った）。毎日同じ太陽が昇っているはずなのに、大勢がこれを拝みたがる不思議。犬は何をしているのか意味がわからず困っている。

うのは的確なものだ。人間の親たちは自分の子供たちを、百獣の王にしようとしているのかもしれない。

しかし、最近の年寄りたちは楽しみや夢を持ち続けているのも事実で、人生を諦めているような人は少なくなった。新しい習い事を始めたり、毎日長時間歩き回り、また老人どうしで集まっては、歌ったり、スポーツをしたりしているらしい。そういう光景が目立つのは、老人の絶対数が増えたせいだろうか。

一方では、残り少ない人生を惰性で過ごすしかない年寄りもいる。今さら自分の生き方を変えられない、と首をふる。社会や環境が変化し、生きにくくなっていて、ときには危険にもなっているのに、もう少しの人生だからこのままやり過ごすしかない、と諦めている。まあ、そのとおりかもしれないし、もう少しだけでも踏ん張ってみても良いのでは、とも思えるし、どちらともいえない。

助言はない。人のいうことなど聞かない人たちには、自分の内から浮かび上がる方法しかない。説得は難しいだろう。しかし、古い建築物は耐震的に危険なのと同様に、運動神経の衰えによって運転ミスの確率が高くなるのも確実で、万が一のときに、助けられなくなり、周囲にも迷惑をかけてしまう結果を招く。老人の「これが俺の生き方だから、放っておいてくれ」という主張は、まっとうだし自然だけれど、社会との摩擦あるいは乖離《かいり》は生じる。仕事からは卒業できても、社会からは卒業できない。山の中に籠もって自給自足する人以外、誰も一人では生きていけないのだから、そこそこの折合いを見つけるべきだろう。

歳を重ねると、そんな軟弱なことまで考えて、日々を生きていくことになる。自分の生き方であっても、人は宇宙の中にあり、自然の中にあり、社会の中にある。季節を愛《め》でるように、社会もある程度は眺めつつ、楽しみ、ときどき文句をいっては溜息をつき、そして、できれば自分を少しずつでも変えていく努力を続けたいものだ。

第11回

余計なものを持つことの価値

もったいないから捨てない

髪が長くなっている。放っておいても伸びるのだから、僕のせいではないが、僕のものではあるから責任は僕にある。といっても、誰にも会わないし、外に出るときは帽子を被り、フードを被っているから問題ない。長州力《ちょうしゅうりき》くらい長くなったが、長州力が通じないかもしれないし、僕自身、長州力をよく知らない。

僕が面倒を見ている犬は、首の周りに白い毛がふんだんにあって、マフラかショールをしているような具合だが、シェルティのこの白い首の毛は「カラー（つまり、襟《えり》）」と呼ばれていて、白い毛が首を一周している子のことを「フルカラー」という。フルカラーのシェルティは、少し値段が高くなるのだけれど、コンテストに出るわけでもないので、大部分の人には関係がない。

奥様（あえて敬称）や長女が、さかんに犬の服を通販で買っている。僕の犬にも着せようとする。防寒のためではなく、汚れを防ぐために着せている。頭から服を通して着せると、最初は出た首（というか頭）が小さい。普段見るよりも小顔になる。しかし、そのまま散歩に出かけて、帰ってくる頃には、襟の毛も外に出るため、頭が二倍くらい大きくなっている。顔だけがポメラニアンみたいな。

振り返って我が身を鑑《かんが》みるに、タートルネックの服に頭を通すと、長い髪が出きらないから、最初は短い髪のように見える。しかし、動いているうちに、髪が外に出るのだ。犬と同じだな、と思った。なんの不自由もない。まあ、それだけの話である。

どうして髪が長くなったのかというと、その理由は、奥様が足を怪我したため切ってもらえなかったからだ。寒くなるまえにウッドデッキで散髪してもらうつもりだったが、時期を逸した。今は寒くて散髪どころではない。室内だったら、浴室が（床暖が効いているから）暖かい。あそこで切ってもらうしかないか、と考えているが、まだ考えているだけの段階である。

髪の毛とか髭《ひげ》とか爪などは、長くなったら切る。これを「もったいない」からといって躊躇《ちゅうちょ》する人は滅多にいない。長期間かけてロングヘアにした人だったら、たしかにもったいない。切った髪の使い道もあるし、その目的で伸ばしている人もいる。

「もったいない」というのは、日本人らしい感覚だといわれる。都会の人は住む場所が狭いから断捨離するしかない、と風の噂《うわさ》に聞くけれど、田舎《いなか》へ行くと、納戸《なんど》とか納屋《なや》とか土蔵とかがあって、古い品々がいろいろ収まっている。いつか使えるだろうと、ものを取っておく習慣が見受けられる。使えるものは捨てない、というポリシィなのだ。

膨大なガラクタを眺める毎日

まえから何度も書いていることだけれど、僕のガレージや倉庫や地下室にある夥《おびただ》しい数のおもちゃは、誰が見ても絶句するほど凄《すさ》まじい。僕自身も、「よくも、まあ、こんなに」と溜息が出るほどである。すべて、僕が買ったものだ。誰かから引き継いだわけではないし、拾ってきたわけでもない。自分で作ったものも多いけれど、それは材料などを買った結果だから、やはりお金と時間をかけて手に入れたものといえる。

これらの収納スペースだけでも、平均的な住宅の床面積よりも広い。収納スペース専用の掃除機が三機も常設されているし、ものを移動させるための専用の台車も四つほどある。ゆくゆくは鉄道を敷いて、このスペースで乗って楽しもうかと考えているほどだ（地下倉庫で実現すれば、正真正銘の地下鉄になる。おそらく、個人の趣味として世界初となるのではないか、と妄想している。否、妄想ではない。既に線路は買ってある）。

一年で一番寒い時期なので、屋外では遊びにくいため、最近はガレージや地下倉庫をぶらぶらと歩いている。地下はボイラ室がある関係で、暖房がないのに暖かい（ちなみに、夏は涼しい)。
「お、これは!」と発見するものが必ずある。買ったことを忘れていたとか、引越しのときに箱に入れたままだったとかで、模型や機械のジャンク品がほとんど。手紙、文章、本、写真など、いわゆる文系の資材もあるにはあるが、それらは段ボール箱に入ったままで、開けることは一切ない。新刊の見本、増刷の見本も段ボール箱で五十箱くらいはあるけれど、ただ壁際に積まれて、断熱材の役目を果たすだけだ。

図書館や博物館が好きな人なら、この物体というか、ヴァーチャルではない現実の品々に囲まれた雰囲気がわかるのではないか。文章や写真はデジタルになる。しかし、ガラクタは電子化できない。何故なら、それらをさらに分解し、組み直し、新しいものを作る楽しさを、今のデジタルの解像度では実現できないからだ。

ときどき、これを少しいじってみよう、と思いついたものを工作室へ運び入れ、そこでいろいろ試してみる。修理をしたり、復元したりして、また新たな楽しみが生まれる。それを感じられるのは自分一人だけで、誰かに見せるつもりはない。

修理をして、動くようになったら嬉しい。どんな仕組みになっているのかが理解できたときも嬉しい。オイルで手を真っ黒にして、時間を忘れるほど没頭してしまう。

断捨離の反対

そういえば、数年まえに『アンチ整理術』（日本実業出版社）という本を上梓《じょうし》した。編集者から「整理術に関して書いて下さい」と依頼され、その逆の指向の内容を書いた。世の中では「断捨離」なるものが流行《はや》っているらしいが、僕はその正反対だ。ものを集め、ガラクタを溜《た》め込む。スペースがなくなったら、もっと広い場所へ引っ越す。田舎に住めば、それが可能だ。整理も整頓もしない。雑然、無秩序、しかも多くは収納さえされていないから、埃《ほこり》を被っている。しかし、人に見せるものではない。埃を被っても、その品物の本質に変化はない。必要になれば手に取り、また復活させる。あるときは、別のものに姿を変えて蘇《よみがえ》る。そんな可能性に満ちたものたちと長くつき合うことで、自分だけの時間を楽しんできた。

飽きたら、あっさり別のものに手を出す。しかし、飽きたからといって不要になったわけではない。またきっとやりたくなる。それまで少し休んでいてもらうだけだ。今不要だからといって未来の価値が消えたわけではない。

どんどんものを捨てて、持ち物を少なくしようという考え方に異を唱えているわけではない。たしかに身の回りがすっきりして一時的に気持ちが良くなる効果はある。だが、そ

ガレージのスチールラック。ジャンク品、修理品、仕掛け品、さまざまなものが積まれている。箱に仕舞うと姿が見えなくなるから、眺められない。こうして、いつでも目につくようにしておくと、発想を誘発される。まさに、「収納」の反対。つまり、「展開」か。

れだけだ。気持ちが良くなっても、新しいものが生まれなければ、夢を見ているのと同じ。夢を見るのが趣味で、それが人生の目的という人には向いている。だが、僕は現実のものを作り出したいし、自分で触って遊びたいのだ。

何故、書斎や図書館には本があんなに沢山並んでいるのか。あの空間を眺めていて、ふと思いつくこと、思い出すことがあって、そのとき、「たしか、この辺りに……」と探して発見し、「あった、あった」と本を広げて、新たな発想に出合う、その楽しさのためである。読んだ本をすべて手放せば、発想を生む環境も消えてしまうだろう。

人間は、ただ消費するために生きているのではない。与えられたものを消化し、毎日健康であることが人生の目的ではない。それでは、機械と同じこと。そうではなく、消費をしたものが頭に残り、ときどきそこから、「えっと、なにか、気になるな」と連想し、発想し、これまでになかったものを生み出すこと、そのために生きていると考えたい。

断捨離が悪いとはいわない。ただ、断捨離が無条件に良いことだとする考え方には反論したくなる。少なくとも、僕は断捨離しない生き方を楽しんでいる。断捨離しないことで生まれる価値は非常に大きい。

エキサイティングな年始だった

というわけでは、年始は古いガラクタを見つけて、同時に八つほど修理をした。どれも一時間ずつくらい、少しやっては、別のものへ移り、気持ちをリセットして作業をする。とても楽しかった。四つほどは復活し、残りもいずれは蘇るだろう。今が一番寒い時期だから、工作室や書斎に籠《こ》もり、腰を落ち着けて、あれこれ考えながら、手を動かすのが面白い。

庭に出て、鉄道を走らせたり、犬と遊んでやることが二月は難しい。ドライブも冬の道路は危険なので控えるつもりだ。その分、インドアで暗躍する毎日である。今年も相変わらず、こんなふうに遊び続けよう。

第12回 僕にはテーマがない

作品から感じるものとは

芸術作品に限らず、いろいろなものにテーマがあるような感覚を大勢の方がお持ちのようである。これは、日本に限らないように見受けられる。悪くはない。テーマ性みたいなものが大事だ、と考える人もいる。

僕は、面白ければ良い、楽しければ良い、新しければ良い、驚かされればそれで良い、その作品に接したときに自分が感じるもの、ただそれだけで良い、と考えている人間である。たとえば料理だったら、美味《おい》しいなあ、と感じられたら、その料理を食べた甲斐《かい》があったと思う。それで充分だ。しかし、その料理を作った人は、材料に拘《こだわ》り、試行錯誤をした、その努力を訴えたいと思っているかもしれない。あるいは、歴史的なものを再現したのかもしれない。料理を作るときに、そういったなんらかの「思い」を込めた、と言葉で訴える。これが、一般に「テーマ」と呼ばれているものだ。

テーマなんてどうでも良い、といっているのではない。そういったものがないと、ものが作れない人もいるし、受け取る側も、ただ美味しいだけでは満足できず、料理人の思いや、何を目指したのか、といった、いわば物語性みたいなものを知りたい、と思うかもしれない。そういう人もいる。でも、みんながみんなそうなのではない。

絵画においても、作品に込められたテーマがある。だいたいの場合、それはタイトルに表れている。絵を見ただけではわからないが、タイトルに触れると、ああ、そういうことをいいたかったのか、と気づかされる。でも、だからといって、その絵の価値が変わるとは、少なくとも僕は考えていない。絵を見て、自分が感じたものがすべてであって、作者の気持ちを理解するために絵を鑑賞しているのでは（僕の場合は）ない。絵が美しければそれで良い。

たとえば、スポーツは芸術ではないが、僕はスポーツを見て、凄いな、と感じられればそれで良い。その選手がどんな境遇であるかは無関係だ。知っていると、少し感じ方が変わることは確かだが、しかし、スポーツにテーマがあるとは認識していない。

音楽もまったく同じ。しかし、歌が含まれる音楽になると、言葉が作品に混入するから、テーマが前面に出やすくなる。したがって、多くの人たちが、テーマを含めてその曲を愛する傾向が観察されるけれど、僕はそうではない。聴いて、凄いな、と感じられたらそれで良い。どんな「いわく」があろうが、関係ない。格好良ければ、それだけで良い音楽だと評価する。良い悪いに理由はいらない。

音楽を作った本人が、その曲にどんな思いを込めたのかは、僕には関係がない、ということである。もちろん、そういう感じ方をしない人もいらっしゃるだろう。その感性を否定しているわけではなく、僕の場合はこうですよ、という話。

作品に込める思いはない

そんなわけだから、僕はなにかを作り出すときに、なんらかのテーマを決めたことは一度もない。訴えたいこともなければ、自分の気持ちをわかってほしいとも考えない。ようするに、僕にテーマはないのだ。人生にテーマはない。日々の工作でも同じで、テーマなんてものはない。ただ、面白いものを作っている。作っているときが面白い。理由なんかない。

仕事で小説を幾つか書いたけれど、なにか思いを込めたことはない。どう受け取られてもかまわない。テーマというものがもし存在するとしたら、それは読者それぞれが、その作品を読んだときに感じたイメージであり、つまり、それぞれで異なっているはずだ。

読者の多くは、「作者はこれがいいたかったんだ」と自由に感じるだろう。それこそが、読者のテーマとなる。ただ、作者がそんなことをいいたかったかどうかはわからない。森博嗣の場合は、いいたかったものがそもそもない。

もし、いいたいことがあったら、わざわざ小説など書かずに、直接言葉で説明すれば良い。テーマがあるのなら、それをそのまま書いておけば良いだろう。「世界平和を願っている」なら、そう書くとか、それをタイトルにすれば良い。物語からそれを汲《く》み取ってほしい、とぼかすようなことを僕はしない。「この作者は何を訴えているのでしょうか?」と国語の問題にありそうな問いかけが、好きではない。いいたいことがあったら、ずばり伝えれば良い。そんなに大事なことなら、歌や物語などに込めないでほしい、とさえ思うけれど、そういう回りくどいことが好きな人もいるだろう。人の趣味に文句はいわない。それぞれが好きなようにする自由がある。

特に僕の場合、小説家になりたくてなったわけではないし、子供の頃から憧れていたわけでもない。小説を書かずにはいられない、なんてこともない。鍋を作る職人は、鍋を作るときになにかを訴えようとしている、とは思えない。それと同じように、僕は職人として小説を書いている。ただ、鍋が役に立つように、長持ちするように、という思いがあるのと同様に、読者が読んで満足できるように、長く読まれるように、とは考える。そういう「品質」は重要だと思っている。品質の良いものが出来上がると嬉しい。工作でも、それは同じだ。そういうものを作れたら、自分が嬉しい、というだけである。

たしかに、読者から「面白かった」という感想をもらうと嬉しい。しかし、こちらの思いが伝わったとは感じない。そういう「思い」がそもそもないからだ。どのように受け止められても良い。どう解釈されても良い。読者がテーマを見つけたのなら、それは大変けっこうなことだと思うし、興味深いとも感じる。

作品を売る人はテーマが欲しい

一方で、鍋を売る商人は、その鍋にどんな価値があるのか、を訴えたいだろう。そうすれば、なにもない鍋よりも売れる可能性がある。ほかにはない特別さがあると謳《うた》いたい。これも自然なことだと思う。鍋を作った職人として、多少の違和感はあるものの、既に自分の手を離れたものであるから、とやかくはいいたくない。嘘《うそ》でなければ許容できる。

書店に本が並んだら、あとは書店の売り方の問題になる。どんなポップを立てても、僕はかまわない。最近では、書店がオリジナルのカバーを被せて本を売ったりもしているが、まあ、このくらいのことも許容している。自作品の本質には影響しないからだ。

たとえば、自分の作品で何が大事なのか、というと、僕の場合、第一にタイトルである。だから、映画化、漫画化、ドラマ化、あるいは翻訳においても、「タイトルを変えるな」という条件を出す。ついでに、作者名の表記を「ＭＯＲＩ Ｈｉｒｏｓｈｉ」とすることを条件としている。それ以外にはなにも口出ししない。内容が変わっても、新しい作品を作ったのだから当然のことだ。まったく同じ内容である方がむしろおかしい。わざわざ新たに作る必要がなくなってしまう、とさえ感じる。

二次創作には、読者の多くが反対する。それは、それぞれの読者が自分で抱いたイメージと異なっているからである。ただ、読者どうしでもイメージは同一ではないはず。みんながそれぞれ違ったイメージ、違ったテーマを既に持っている。それと同様に、新たな作品でもまたイメージやテーマが作られる、ということ。

そういえば、『スカイ・クロラ』が映画化されたとき、スポンサのTV局の人がわざわざ自宅を訪ねてきて、「タイトルを変えたい」と要望された。唯一の条件でさえ守られないのかな、と呆《あき》れた。当然「だったら、映画化はなかったことにしましょう」と答えた。その方は、「こちらのタイトルにしたら二倍売れますよ」とおっしゃった。なるほど、それがこの人のテーマなのだ、でも、そんなことは僕には関係がない、と思わず、吹き出してしまったことを覚えている。二倍も売れるはずはないのに、真顔でおっしゃったのが可《お》笑《か》しかった。人それぞれ、自分で築きたいものがある、ということだ。

意味がないものが面白い

一人で工作室に籠《こ》もり、日々暗躍している。修理をしたり、組み立てたり、切ったり削ったりして、ものを作る。上手《うま》くいくと嬉しいし、上手くいかないと溜息をつく。だが、目的はない。なにかをテーマにして作っているのではない。だから、人が見たら「そんなことをして何の意味があるの？」となる行為といえる。

僕から見ると、大勢の人が求めている「意味」というものは、単なる「言葉」でしかない。実体のない「物語」でしかない。でも、悪いとはいわない。偉大な人の言葉でも、アニメの主人公の言葉でも、それを聞いた人の心に響けば、そう、一時的には「意味」が生じるだろう。「テーマ」も、「意味」も、所詮その程度のものだ。

その言葉を聞いて、心に響いたとおっしゃる当人が、次に何を作り出すのか、という点に僕は注目する。それがその人の「価値」だと思う。テーマや意味などなくても、その価値は面白いし、楽しいし、たまには新しいものを生み出す。その可能性だけで充分だ。

書斎の隣のホビィルームにあるHOゲージ(Nゲージの倍のサイズ)のレイアウト(ジオラマ)。これを作り始めるときには、自分で世界を創造するようなワクワク感がある。ものを作ることの価値は、すべてそこにある。

第13回

僕の家には犬がいる

かつて日本の犬たちは

この連載もついに第十三回である。と書くと、なにか十三という数字に意味があるのか、と思う人が多いことだろう。これが十回とか百回だと、そういった疑問もなく受け入れられるが、むしろそちらの方が不思議なので、その注意喚起のために書いてみた。

さて、十三には全然関係のないほのぼの系の話題である。僕の家では犬が人間と一緒に暮らしている。犬たちは家のどこへでも行ける。制限されている部屋はない。敷地の周囲に柵はないが、庭園内ではノーリードだ。ドアを自分で開けることはできないので、出入りしてほしくないときはドアを閉めておけば良い。人間の幼児と同じ扱いだ。

今ではごく普通のことになったけれど、僕が子供の頃、半世紀まえになるが、その頃には、家の中にいる犬は非常に珍しかった。犬は屋外で飼うものだったし、そのうち恵まれている犬は、犬小屋という犬用の住まいがあてがわれていた。

また、だいたいの犬は鎖や縄でつながれていたけれど、ときどき近所を自由に歩いている犬も多かった。特に田舎《いなか》ではそれが普通だった。僕は名古屋市内の新興住宅地で小学校へ通っていたけれど、登校の途中で毎日フリーの犬に出会った。

犬が怖いという子も多かった。僕は犬が嫌いではなかったけれど、でも知らない犬には近寄らない。刺激をしない方が安全だと教えられていたからだ。当時の犬といえば、今のような小型犬ではない。柴犬も大きかったし、雑種の犬はだいたい大型犬だった。黙っていれば犬は悪さをしない。噛《か》まれるようなこともなかった。もちろん、たまに犬に噛まれる事故は起きていたけれど、ニュースになるほどの出来事でもなかった。

犬が外にいたのには理由があった。それは防犯である。田舎では野生動物を家や畑に近づけないために犬が飼われていた。そんな番犬が減ったため、野生動物が人里や畑に近づくようになったのだろう。

当時TVで見ていたアメリカのドラマでは、犬が普通に家の中にいた。不思議な光景だったけれど、外国では室内でも土足のままだからそうなるのかな、と解釈していた。日本では、大きな犬が家の中を歩いているのを見たことがない。自動車に乗っているのも見たことがなかった。

ところが中学生のときに、母がフォックステリアの子犬を買ってきた。この犬は、家の中で飼うことになった。自動車にも乗せることになった。ここで犬に対する文化改革が森家で起こったのだ。近所でも、まだ珍しかったのではないか、と思う。

ペットが家族や社会の一員となる

そのテリア以前にも、何度か犬を飼っていたけれど、どの犬も裏の庭につながれていた。家の中に入れることはなかった。どうして、今度の犬だけ家に入れたのか、理由はわからないが、たぶん「洋犬」だったからだろう、と理解した。母は、ディズニー映画に出てくる犬が可愛《かわい》いと話していて、それに似た犬を買ってきたのだ。

フォックステリアは、非常に気性が激しい。家族のみんなが嚙みつかれ、怪我をした。しかし、とにかく賢い。人間の言葉を理解し、機嫌が良ければ難しい命令にも従う。おやつがもらえるなら、なんでもする。具合が悪いときには、獣医を家に呼び、往診してもらったが、その先生も犬に触らない。嚙みつかれるからだ。「ちゃんと押さえていて下さいよ」といいながら注射を打っていた。獣医でも恐れる犬種だったのだ。

僕も、手を嚙まれて五針ほど縫ったことがあった。でも、この犬を可愛がり、よく抱っこしたし、散歩にも連れていった。この犬が死んだのは、僕が結婚したあとのことだ。

その後、三十代になって少し生活が落ち着いた頃、犬をまた飼うことになった。このとき以来、僕が飼った犬はすべてシェトランドシープドッグ（シェルティ）で、この犬種を選んだ理由は、大人《おとな》しいから。テリア、プードル、ダックスなどは猟犬だから気性が荒い。牧羊犬は比較的大人しい犬が多い。もちろん、あくまでも平均的な傾向だから、個体差はあるだろう。

最初から家の中で飼っている。家の中で人間と一緒に暮らしていると、自然に言葉を覚えるし、いろいろなルールも理解する。たとえば、人間の子供を庭先につないでいたら、家の中にいる子と差が生じるものと想像できる。それと同じことだ。身近にいるほど、自然に家族となる。

森家の場合、犬だけを家に残して留守番をさせることはない。常に人間と一緒にいる。だから、犬を連れていけない場所へは人間も行かない。必然的に、そういう生活になる。人間の幼児がいれば、その子だけを家に置いて出かけることはない。それと同じ。

犬を連れていく場合、電車には乗れない。だから、どこへ行くにも自動車になる。犬たちはクルマに乗るのが大好きだ。毎日ドライブにいきたくてしかたがない様子である。

ショッピングモールでも、犬を連れて歩く。店によっては犬が入れないところもあるが、犬をカートに乗せて回れる店もある。日本でもそういった店が増えていることと想像する。人間の子供は数が激減したけれど、ペットの数は爆発的に増えている。ペット同伴で出勤する人、それを許容する会社も増加するはずだ。

時代が変われば常識も変わる

たとえば、大学で留学生を受け入れるとき、ペット同伴で暮らせる宿舎があるだろうか？　こういう例を挙げると、「そこまでする必要はないだろう」と眉を顰《ひそ》める人が多いかもしれない。だが、これと同じことが、かつては人間の幼児、子供などでもあった。「会議に子供を連れてくる必要があるのか」「学問をする人間がどうして育児をするのか」といった疑問を持たれた時代があった。ホームセンタでカートに犬を乗せて商品を見ていたら、近くを歩いていた老人から「わざわざ犬なんか連れてくるなよ」と怒られたことがあった。つい十年ほどまえの日本でのこと。犬用のカートだったので、非常識ではないはずだが、その老人にとっては非常識だったのである。

買い物をするときに駐車した車に子供を残しておくことが、近年問題になっている。同様に、犬を残しておくことも非常識だといわれる時代になるだろう。だから、店の中に犬を入れないことも非常識になるかもしれない。少なくとも、走り回って大騒ぎする人間の子供よりは、犬の方が他人に迷惑をかけないだろう（アレルギィの問題はあるが）。

人前で煙草《たばこ》を吸うことが非常識な時代になった。かつては、電車の中でも店の中でも、どこでも喫煙していた。犬も猫も自由に街中を歩いていたし、人間の子供たちも、保護者の同伴なく、どこへでも遊びにいったものである。そういうことが、今では非常識になりつつある。弱者を守るために社会が変化しているのだ。

ただ、最近少し不思議に感じるのは、同調圧力のような暗黙のルールである。日本のマスコミでよく観察されるのは、「このようなことはやめましょう」という訴えかけだ。やってはいけないことがある。しかし、法律で禁止されているわけではない。違法な行為ならば、「やめましょう」はおかしい。「人を殺すのはやめましょう」「盗むのはやめましょう」とニュースではいわないはずだ。警察に捕まって、罰せられるからだ。

常識・非常識は、個人の認識の差によって相違する。「迷惑行為」と感じる人もいるし、「べつにそれくらいいいいんじゃないの」と思う人もいる。街の声をいくら集めて放映しても意味はない。そもそも多数派か少数派かで決まる問題でもない。本当にいけないことなら、法律を定めて、罰を決めておくのが筋だ。

「こんな人とは友達になりたくない」という言葉が、他者を非難するために用いられるらしい。「友達」や「仲間」が極めて価値の高いもの、人生の主目的のように語られることもしばしば。「やめましょう」と仲間意識を高めて「忖度《そんたく》の結社」を作ろうとしているようにも見える。

僕には、「友達になれる」ことの価値がわからない。犬が一緒なら、べつに友達なんていらないいけれどな、と正直思う方である。

久し振りのゲスト

四年振りに編集者が訪ねてきた。奥様（あえて敬称）も一緒にレストランで食事でも、と誘われたが、その日はちょうど長女が出かける日だったので、犬たちを留守番させるわけにはいかず辞退した。結局、編集者が持ってきてくれた料理を、庭園を眺めながらピクニック気分で一緒に食べた。ただ、仕事の話はしていない。仕事関係はメールで充分なので、会って話す必要がない。まあ、でも、たまに人の顔を見るのも悪くはないかも。

ここ数日は、ゲラを見る仕事をしている。引退しているはずなのだが、まだこのように仕事が残っている状況は、わざと不適切な形容を用いるなら、「後ろ髪を引かれながらの労働」とでも表現するのだろうか。どうか、悪しからず。

第13回
僕の家には
犬がいる

僕が担当している大きなシェルティは、先日六歳になった。「大きいけれど赤ちゃん」と呼ばれていたが、もう赤ちゃんではない。たいてい階段の踊り場にいて、窓から外を見張っている。

第14回

気持ちという質量

子供の頃の出来事の影響

もう何カ月も小説を書いていない。しばらく書く予定もない。最近は、ゲラを読む仕事をのんびりと進めた。四月刊の小説新作のゲラと、六月以降に出る新書新装版のゲラ。後者は急に舞い込んできた仕事。数年まえに出した新書を新装版として出し直したい、と出版社から依頼があった。ゲラを送ってもらい読み直したが、ほとんど直すところがなかった。数年では世の中も、そして作者自身も大して変化がないということか。

今年初めての雪が降り、半日で四十センチほど積もった。さっそく除雪機のエンジンをかけて一時間ほど作業。自動車を道路まで出せるようにした。翌日からは、庭園鉄道の除雪も始め、三日かけて無事に復旧し、氷点下の庭園内をぐるりと一周することができた。

工作のプロジェクトも幾つかを同時進行している。最近多いのは、ミニチュアのエンジンに関係するもの。子供のときからエンジンが大好きで、小学生のとき最初に中古の模型エンジンを始動した体験から始まっている。実物のエンジンにも興味はあるけれど、大きすぎて手に余る。模型エンジンは小さいけれど、メカニズムは同じ。燃料を圧縮し、点火し、爆発させてピストンを押し、そして排気する。これを繰り返して、けたたましい音を立て回り続ける。回すだけで実に愉快で爽快だ。

子供の頃の体験から一生の趣味が始まることは珍しくない。僕が担当の犬は、子犬のとき、僕が鉄道の線路の上に落ちた小枝を拾い横へ投げるのを見ていた。このため、今でも、地面に落ちている枝を拾うだけで大興奮し、投げると吠えながら駆け回る。枝を投げてほしいとせがむ。自分でくわえるようなこともないし、投げた枝を追いかけるわけでもない。人が枝を拾って投げるところを見たい、という趣味だ。

子供のときの思いが、その後の人生に支配的な影響を及ぼす、という場合、二つの方向性がある。一つは、今例を挙げたような「面白かった」あるいは「印象的だった」体験が発端の場合。もう一つは、「できなかった」という思いである。子供のときに、やりたくてもできなかったことを、大人になってから実現するものだ。これは、僕の世代では非常に多いと思う。というのも、僕たちの世代が子供の頃、日本は敗戦後でまだ貧しく、現代の子供たちと比べて、はるかに「できない」ことが沢山あったからだ。逆に、今の子供たちは、望めばできてしまう。欲しければ買ってもらえる。だから、大人になってから、自分が何をやりたいのかわからない、という具合になりやすいのかもしれない。

幸せは加速度で体感されるもの

子供のときの強い思いが大人になっても残っていて、なにかのモチベーションの核になる。ただ、それほど単純ではもちろんない。僕の場合でも、子供の頃とまったく同じことをしているわけではない。あのときが始まりだった、というだけの話で、そこからずいぶん遠くまで来たな、としばしば思う。探究がどんどん深くなっていたり、範囲が広がっていたり、関連する別の分野に飛んでいたりもする。

また、子供のときにできなかったことを実現する、といっても、環境がすっかり変わっているから、困難さはだいぶ異なっている。かつては、いろいろな条件が重なって不可能だと諦めていた目標が、今では比較的身近で容易に手が届く場合が数多い。メジャな例を挙げれば、子供の頃にはトランシーバで遠くの人と話をすることが夢だったから、アマチュア無線の免許を取得して、無線機も自作した。今では、世界中と誰でも瞬時に、しかも安価にそれができてしまう。離れているものを思いどおりに操縦したいと夢見ていたけれど、今ではそれが普通になった。「無線」という言葉さえ消えてしまったほどだ。

ある意味で、子供たちの未来に向けた夢は、ことごとく取り上げられた状況が現代だともいえるかもしれない。なにもかも実現できてしまう魔法のような社会になっているのだから、「技術」ではなく「呪文」を身につけよう、と考えてもおかしくない。もしかして、その「呪文」の一例が、「友達」とか「絆《きずな》」といった類のものになっている、とも観察できる。まるで、そちらの方向でしか「夢」を求める道が残されていないかのように。

一方で、大局的に見れば、ここ半世紀の日本は平和だった。誰も、これには異を唱えないものと思う。他国から侵略されることもなく平和が続いた。何十年も物価は上がらなかったし、道路も鉄道もどんどん作られ、それらの恩恵をみんなが受けることができた。子供たちは、平和な未来を夢見なくても良かった。少子化のためか、かつてより受験戦争も穏やかになり、芸術やスポーツに対して憧れを持つ子供が増えた。

などと書くと、皮肉に取られるだろうか？　夢を見られないことが、いかにも悪い状況のように考える人もいるかもしれないが、そうではない。夢を見たのは、不満な状況だったからであり、今が満足であれば、未来に願いを託さない。さらにいえば、人の幸せというのは、現状の客観的な位置や傾向ではなく、それらの変化、すなわち微分値、つまり「加速度」に依存する。現在の高低値や傾向を感じることはできない。変化だけが、人の感覚を左右する。これは、「力は加速度と質量の積である」という物理の定義にも通じる。

心の質量も大事

人間も機械も、位置や速度を感じる（測定する）ことはできない。感じられるのは、速度の変化、つまり加速度である。現在どこにいるのかは、ＧＰＳなどが開発されるまで、測定することができなかった。位置とは、ある起点からの距離であり、あくまでも相対量だ。また速度というものも、周囲との相対速度しか観測できない。唯一、加速度だけが測定できる。地震計で計測しているのも加速度。宇宙船などに搭載されているのも加速度計である。位置や速度は、加速度の測定値を積分して計算される。

電車がいくら高速で走っていても、速度が一定の状態では加速度はゼロだから、停止状態と同様にしか感じられない。人が感じることができるのは、速度の変化、加速度であり、ようするに「変化量の変化」なのである。

「力」というのは、加速度と質量の積だ。加速度を体感できるのは、力を感じることができる、という意味である。ただ、同じ力を受けても、質量が大きいほど加速度は小さい。

ここからは物理から離れた話。人は加速度を感じるけれど、その人の「心の質量」が軽いほど敏感だといえる。また、経験を積んで質量が大きい心は、少々の力では動じない。人の反応を、このように物理法則で解釈すると、けっこう当てはまる点が興味深い。

子供のときには、誰もが「軽い」から、ちょっとした力で大きなインパクトを受けやすい。感動したり、幻滅したりしやすい。その体感を覚えていて、大人になってから同じことをしても、同じだけ面白くは感じられなくなっている。体重の問題ではない。心の質量というのは、軽くしたり、重くしたり、その人の思想、信念、興味、知識、経験などによって育《はぐく》まれる。また、ある方面では軽く、こちらに対しては重い、というように、心の質量は一義的なものでもない。ただ、その時点、その方向において、質量に類似した素質を人が持っている、と解釈すると理解しやすい。

なにか自分にとって悪い方向へ変化が起きていても、人はそれを冷静に受け止めることができる。「嫌な感じだな」と思っていても我慢ができる。ところが、この変化が急に大きくなったとき、瞬間的な「力」を感じて、ストレスとなる。こんなときに、「もう許せない」と感情が爆発する傾向にある。逆にいえば、自己防衛の心理的システムが、このような力に耐えられないのだろう。

対策を練り心構えをして、自分の感情の質量をできるだけ大きくしておく以外に、冷静さを維持することはできない。力学的に考えても意味のない問題かな、とは思うけれど、しかし、このように捉えることで、多少は客観的になれるだろう。

ジャイロモノレールが話題に？

編集者が知らせてきた。ＮＨＫの番組で拙著『ジャイロモノレール』（幻冬舎新書）が画面に出たという。キックスケータを綱渡りさせる競争だったとかで、この本が参考にされたらしい。その影響で本が売れています、と伝えてきたけれど、まあ、数は知れているはず（この方面では心の質量が大きい）。

本の内容を理解すれば、誰でも実現できる技術であり、再現性が認められるからこそ本に書いた。ただし、ちょっと残念に思ったのは、速度を競うルールだったことだ。本来、長く安定を維持するものが高性能なので、ゆっくり走れる方が優秀なのは自明。落ちないでいられる時間か到達距離を競うルールにする方が技術的意味がある。科学的センスのある誰かが、この点をもう指摘しただろうか？

雪が積もった庭園を犬と散策。一日中氷点下だから、水はない。水がないと、犬が汚れないので助かる。雪の日はとにかく暖かい。暖かい冬ほど雪が降る。

第15回

火よ、我とともに行かん

経済的自立とか早期リタイアとか

今回は「Ｆｉｒｅ」について思うところを書こう。断っておくが、誰かを揶揄《やゆ》するつもりはないし、自分がこうだと主張するのでもない。誰もが自分の思ったとおりに生きれば良いし、現にほぼそうなっている、と観察できる。思ったことを書くのが、今の僕のささやかな仕事なので、適当に読み流していただきたい。腹が立つ人は、腹を立てたい人である。気づくのが遅かったと諦められる人か、自分だけは関係ないと思い込める厚顔の人でなければ、読まないで済ませる手があることを確認しておきたい。

『ツイン・ピークス』に出てくる言葉を、今回のタイトルにしたけれど、ネットで翻訳させたら、「私と一緒に火遊びをする」と訳してきた。なるほどね。

この頃、森博嗣が「Ｆｉｒｅ」を実現している、と書かれたものに幾つか出合った。経済的自立（ＦＩ）と早期リタイア（ＲＥ）を足した流行《はや》り言葉らしい。僕には心当たりがない。僕は経済的に自立していないし、また早期にリタイヤしたわけでもない。この言葉を僕は使わない。何故なら、それに当てはまる現象を実際に観察したことがなく、つまり、そんな概念が実在するとは考えていないからだ。

経済的自立が成立するのは、一切他者と関わらない生活である。たとえば、投資をしたり、貯蓄をすることも自立ではない。衣食住を自給していても、エネルギィはどうだろうか？　太陽光発電しているなら、そのパネルをどうやって自作した？　農作業などに必要なガソリンはどうする？　など、どの例でも自立していない。自分が作ったものをなにかと交換し、それで生活しているとしたら、それは世界中の人がしていることと同じだ。となると、誰もが経済的に自立していることになる？　人から恵んでもらっている場合も含めて同じでは？

早期リタイアというのも、何を基準に「早期」なのかが曖昧である。ただ、日本以外では、若いときに一発当てて大儲《おおもう》けした人が、あっさり引退して悠々自適な生活を送る例が少なくない。これを早期リタイアと呼んでいた。このような例が日本で見られないのは、トップの報酬が安いのと、仕事をしている人が偉いといった古い感覚が根強いからだろう。会社や組織の金で飲み食いし、楽しい体験をするらしい。「この仕事をしているからこそ、こんな良い待遇なのだ」と思い込んでいる人が多く、引退したら「ただの人」になってしまうと恐れている。「ただの人」は偉くない、みんなからちやほやされない、と絶望しているようだ。なかなか面白い考え方ではある。

僕はそもそも、仕事が人間の価値に影響するとは考えていない。仕事をしているか、していないかなど、どうでも良いことだ。仕事をするのは、単に働かないと好きなことをするだけの資金が得られないからだ、と見なす。仕事をしても偉くなるわけではない。金を持っているから偉いわけでもないのと同じだ。

ただ、金があったら仕事をしなくても良い。単にそれだけの問題であって、儲かったから早期にリタイアするというのは、あまりにも自然で、わざわざ「リタイア」などと呼ぶほどのことでもないと感じる。お腹が空《す》いたら食事をする、満腹なら食べるのをやめる、というのと同じだ。自立とか早期とか、人と比較するほどのことでもないだろう。

かつては「脱サラ」といった

そういえば、かなりまえ（僕が成人する以前から）、「脱サラ」という言葉があった。会社員を辞めて起業することを示すが、辞めるだけでも、言葉の定義としては立派な「脱サラ」だ。好景気の時代には、個人の商売が成立しやすかったから、小さな商売を始めて、会社の給料以上に稼ぐチャンスが多々あった。

僕の父も脱サラで、自分で工務店を始めた人だった。喫茶店などの建設を請け負っていた。施主も、脱サラで喫茶店を始めるという人が多かった。給料の何倍も儲かる、という話をよく聞いた。そういう時代だったのである。

その父が、僕には会社員になることをすすめた。「これからの時代は、個人の商売は続かない」と話していた。僕が大学を受験する頃、父は心臓発作で倒れ入院していた。だから、これといって目指す未来はなかったけれど、なんとなく建築学科を選択した。このとき、両親は嬉しそうだった。しかし、四年生では卒業せず、大学院に進学。父も病気から復帰した。結局六年後に卒業したときには、父は自分の工務店の跡を継がせなかった。僕が大学に就職したことを、両親とも喜んでいた。あの頃に時代が変わったのだな、と今になって思う。

脱サラしても、商売をすれば、客に頭を下げなければならない。どんな仕事をしても、誰かに頭を下げ、妥協をし、我慢を強《し》いられるだろう。独立すれば、「もう誰にも頭を下げなくて良い」なんて小さな自由は、さほど意味がない。会社を辞めて経済的に自立することで、何が変わるのかといえば、人からあれこれ命じられることなく、自分の好きなように働けることくらいだ。しかし、逆に見れば、人からあれこれ命じられることに、文句をいわず従っているだけで安定した給料がもらえる環境も、けっして悪くない。どちらを取っても、さほど差はないように僕には見える。

会社勤めでストレスを感じている人は、自営業で暮らしていけたら、と夢を見るのかもしれない。また、自営業の苦しさで悩んでいる人は、会社勤めに憧れるだろう。僕の母は、後者だった。自営業の主婦は、会社勤めの主婦よりも格段に気疲れする、とよく話していた。

問題は「ノルマ」の重さにある

田舎《いなか》へ移住して農業で生計を立てようとする人もいる。しかし、田舎というのは、その村自体が、会社と同じような組織になっている場合が多い。けっして完全な自由ではない。また、天候に強く依存しているから、社会から離れ、周囲に人間がいなくても、思いどおりにならない自然と対話をしなければならない。コミュニケーションという意味では、これも同じように必要。漁業でも林業でも、きっと同様だろう。

いずれにしてもいえることは、人間は一人では生きていけない、という現実である。病気になれば、医者や病院に頼らなければならない。既にあるインフラに依存した生活にならざるをえない。税金や保険料は収めないといけないし、警察や消防の世話になる場合だってある。今では、ネットを利用せずに生きていくことは困難なのでは？

一方、リタイアはどうだろうか。森博嗣は既に引退している、と公言して久しいのだが、今でもこの記事のように執筆の仕事を細々としている。一週間で一時間か二時間くらいの仕事量だけれど、まったくのゼロではない。それに、過去の仕事に対する報酬を今も連続していただいている。ようするに、夜逃げでもしないかぎり、仕事の縁を完全に切ることは無理だ。おそらく、生きているかぎり、なんらかの関わりは絶えないことになるものと予想できる。

ただ、時間内にこれをしなければならない、といったいわゆる「ノルマ」は今はない。そういうものがない状況を工夫して築いたからだ。仕事というのは、さきざきの予定を決め、大勢で足並みを揃《そろ》えて進めるものだが、その予定を決めなければノルマは発生しない。たとえば、気が向いたときに作品を書き、書き上がったあと、出版社に通知し、発行予定を相談して決め、そのうえで刊行の案内を公表すれば、ノルマは生じない。おおよそこのようなものが僕の理想だ。現に、僕の趣味の活動はこの方式である。

ただし、その場合の「ノルマ」とは他者に対するもの、他者から押しつけられたものである。他方で、自由な理想の状況を築くためには、自身が課したノルマを地道に果たしていかなければならないだろう。いずれにしても、ノルマは存在する。人生の時間が限られている以上、避けられない。

やりたいことを順調にやっている

この五カ月ほど、まずまず健康に過ごしてきた。家族も調子が良いようだし、犬たちも元気だ。クルマの調子もまずまず。庭園鉄道も異常はない。雪が一度降ったので、除雪作業が必要になったのと、犬のために決まった時間にフードを作ること以外では、特にノルマはない。しかし、機関車や戦車やエンジンの模型をあれこれいじっていて、手を真っ黒にして忙しい。エンジンを始動したいのだが、外は氷点下。室内だと排気ガスで危険だ。そこで、排気管を屋外まで伸ばし、工作室でエンジンを回して調整できるように工夫をした。そうまでしてやりたいのかといえば、イエスである。

降雪から二週間経過したが、まだ半分くらい雪が残っている。二十七号機の列車が木造橋を渡っているところ。この写真を撮るために、運転士は雪の上に降り、狐《きつね》の足跡以外になかった雪面に足跡を印した。

第16回

感動する対象を教えてもらう人々

自然の景色というのは美しいのか

ようやく、庭園の雪が少なくなってきた。暖かい晴天が続いているためだが、暖かいといっても、東京だったら「極寒」とマスコミが煽《あお》る気温だ。降雪から一カ月が経過しても、まだ三割は残っている。雪がなくなると、苔《こけ》の絨毯《じゅうたん》で覆われた綺麗な地面が現れるので楽しみ。ここへ引っ越したときは、落葉と雑草ばかりだったのだが、掃除と草刈りによって全面に苔が広がった。苦労して得た結果なので、苔を大事にしている。剝《は》がれたりしたら、すぐに修復する。明らかに、これは自然ではない。人工的に緑の庭園を作り上げたのだ。ある意味で、自然破壊といえる。

日本人は、田舎《いなか》の田園風景を見て、「自然は美しい」と愛《め》でるけれど、田園というのは極めて人工的なものである。コンクリートのビルディングと大差はない、とまではいわないが、少なくとも自然ではない。コンクリートジャングルと呼ばれる都会の風景よりも美しいだろうか？

僕の目には、日本の田舎の風景に必ず混在する高圧線の鉄塔や電柱、ビニルハウス、ブルーシート、トタンやプラスティックで建てられ、傾きかけた掘立小屋、畑を覆うマルチと呼ばれる白や黒一色のシートなど、美しさを邪魔するものが多すぎる。

日本の建築物も、多くはあまり美しくない。その地域での統一感がなく、貧しさを強調するかのように「便利さ」と「安さ」を優先して増殖した結果に見える。「景観」を重視した建築のルールは少数かつ非優先的であるし、耐震や耐火でさえ軽視されたまま（少なくとも農地では）増築されているような印象を受ける。

これらは、敗戦後の貧しい日本の負の遺産（あるいは伝統）として、現在も残されている。もし、観光立国を目指すのならば、今後第一に改善すべきだろう。

それにしても、自然の風景が息を呑《の》むほど美しい、とよくいわれるのは、どうしてなのか？　大自然の景観は、見る者を圧倒する、と書かれる場合も多いけれど、すべての人が本当にそう感じるのだろうか？

たとえば、桜が咲き誇っていると、口を揃《そろ》えて「綺麗だ」と評価する一方、では、伸び放題の雑草や雑木林は綺麗ではないのか？　桜の多くは人間が植えたものだから、人の手が入ったもの、つまり努力の末に得られた結果だから美しいのか？

「美しい」と感じるのは、たぶん、人から教えられたから、というのが理由だろう。大人が「綺麗だね」「凄いね」と子供に教えている。知らず知らずのうちに、子供たちに先入観を植えつける。良い子はそれに忖度《そんたく》する。純粋な子供たちは、何が綺麗で、何が凄いのか、桜を見てもわからないだろう。単に、同じ色の花が沢山咲いているだけだ。面白くもないし、遊べるわけでもない。しかし、このような過程を経て、周囲に合わせて適当に受け応えをする社会性を身につける。どんどん自分の感覚を失い、素直ではなくなっていく。

人間は自分たちの作品に感動する

「自然」は、遠くへ出かけていって眺めるものだ、と思っている人がいる。しかし、それは勝手な思い込みだ。自然はどこにでもある。身近にいくらでもある。たとえば、大雨後の川が泥で濁ったり、ペンキが剝げて鉄が錆《さ》びたりするのも自然である。人工的なものは、完成時には整然としているけれど、しだいに劣化し、壊れ、崩れ、自然に還る。生物が老いて死んでいくのも自然だ。

人間は、一時的に自然に逆らって秩序を作ろうとするが、自然がこれを許さない。製造されたものは不均衡であり、自然はそれを均衡なものへ戻そうとする。汚れていく、衰《おとろ》えていく、雑然となっていくのが、自然なのである。

僕は一年中庭仕事に勤《いそ》しんでいるけれど、これは自然を愛でているというよりも、自然に抵抗しようとする行為だ、と自覚している。落葉掃除をしたり、草刈り、芝刈りをするのも、整然とした人工的な状況を目指しているわけで、農業や林業、あるいは工業と同じく、自然破壊といえる。

人間の意識が「美しい」「綺麗だ」と感じる対象は、自分たちの意識による造形物であり、自分たちが予測したとおりの結果を愛でている。自然の中にあっても、けっして自然そのままではない。たまたま人間が予測したとおりになっていた自然の瞬間を見つけて、「素晴らしい」「雄大だ」と指摘しているにすぎない。おそらく、「人間が美しいと感じるとおりの自然であってほしい」という願いから生まれた心理だろう。

よく用いられる表現として、自然の山々が「絵に描いたように」美しい、といったフレーズがある。また、美しさを示す表現として、「幻想的」といった言葉もよく使われる。この場合、絵というのは人工であるし、また幻想も人間の意識が創り出すものだ。つまり、自然の中に人工的な要素を見出《みいだ》して、美しいと感じている証左といえる。

都会は人工物を集積した場所である。そこには人間が集まる。魅力があるから集まってくる。当然ながら、大勢の人を魅了する景観が作られなければならない。人間が無意識に望んでいる「美しさ」があらゆる方法で具現化される。それは、自然とはかけ離れたもの、似ても似つかない整然とした秩序である。都会に自然を取り込もうとして、樹を並べたり、建物にも植物を後づけしたりしても、アクセント程度のアクセサリィでしかない。

結局は、自分たちが考えたものが美しい、と感じるように人間の感覚はできている。自分たちがデザインして構築したものに感動する。あからさまな身贔屓《みびいき》であり、考えてみれば当然である。「思いどおりになった」という喜びは「自由」を感じることと等しいのだから。

自然を愛でようというのは理性

大昔の人たちのことを考えてみよう。人工物がまだろくにない時代である。自然は、美しさを楽しむような対象ではなかったはずだ。雷や嵐に恐れおののくばかりで、神様の怒りだと解釈されていた。生贄《いけにえ》を捧げて、どうか見逃して下さい、とお願いするしかなかった。たしかに、なにもない晴天、のどかな風景には安心感を抱いただろう。でも、美しいと感じてはいなかったはずである。

ピラミッドやギリシャ神殿など、王様が作らせた人工物も、神への畏怖《いふ》の象徴だった。人々は、大きな人工物を見たことがないから、驚きとともに威圧された。権力者は、大衆を圧倒する力を見せる必要があった。それは美しさではなく、非自然あるいは非現実感だった。この世のものとは思えないほど効果があっただろう。

しかし、しだいに人工物は神が造ったものではない、と人々は理解する。その頃には、経済的な力を示すアイテムとなり、高価であることが指標となった。珍しいもの、手間がかかるものが作られ、見る者はそれを初めて「美しい」と感じるようになった。ただ、これは、上から与えられた価値観であり、教えられたものである。赤子や子供にはわからない。

珍しいもの、滅多に見られないものに価値を見出す審美眼が広まった。自然の整った風景を美しいと最初に感じたのは、支配層、富裕層であり、また画家は彼らに依頼されて、それを絵に描いた。「絵画のような美しさ」は、このようにして生まれたのだろう。

思いどおりのもの、つまり人が作ったものが美しい。それが反転して自然を形容する言葉として用いられるようになった。特に、自然自体を神々として認識していた日本では、自然を愛でる文化が古くから存在した。さらには、朽《く》ちゆくものに対する美までも見出した。いうまでもなく、朽ちることが自然だったからだ。

このように考えてみると、自然を美しいと感じるのは、人間の生まれながらの本能ではなく、明らかに文化的なもの、すなわち理性による評価であることがわかる。理性とは、つまり理屈であり、理由があって判定されるもの、計算されるものだ。珍しくて一時のものに美を見出す。雷や嵐の風景なども、絵画として描かれる。そして、人間はいつも新たな美を探し続けている。

「自然が美しいなんて、常識じゃん」という人は、なにも考えず、みんなが飲んでいるなら、なんでも飲み込んでしまう、ちょっと危ない人かもしれない。お気をつけて……。

春になったらやりたいこと目白押し

暖かくなったら、これをやろう、あれもやろう、と考えていることが沢山ある。凍っていた土が軟らかくなり、土木工事が可能となるから、庭園鉄道の保線作業が始められる。室内でできない大きな工作、それから塗装作業などだ。奥様（あえて敬称）は、苗や土や肥料を通販で買い込み、ガーデニングを始めるため準備万端である。犬たちは、一年中なにも変わらない。

税理士さんから、「そろそろ新車を買われてはいかがでしょうか」といわれた。僕も奥様も、もう八年も同じ車に乗っている。気に入っていて手放したくないし、買いたい車も見当たらない。四年まえに買ったクラシックカーは、修理を繰り返すうちにどんどん調子が上がり、今までで一番好調だ。三台とも小さい車だから、荷物は運べないし、大勢で出かけられない不便さがあるけれど、まあ、しばらくはこのままかな……。

朝日が昇る庭園。地面は苔に覆われているが、朝は凍っていて、白っぽく見える。日中にはこれが緑になる。樹の葉が出て、森らしくなるのは六月になってから。

第17回

人はみんな違っていて当たり前

友達は絶対に必要なものなのか

庭園内は春めいてきた。小さな花が沢山咲いている。ダウンなどを着込まなくても外に出られるようになった。凍っていた土も軟らかくなり、ガーデニングや線路工事が可能になる。まずは、冬の間に落ちた枯枝を拾い集め、毎日これらをドラム缶で燃やす作業。鉄道を運転しながらぐるりと廻ってくると、静かに芽吹いている小枝や、触手みたいなものを伸ばした苔《こけ》が無数にあって、季節はディテールから変化することがわかる。

冬の間は工作室に籠《こ》もっていたけれど、これからは屋外活動になる。犬たちも一緒に庭に出る時間が増えて大喜びの様子。空気は少し霞《かす》んでいて、森の香りが新しい。

春眠暁《あかつき》を覚えず、という。なかなか起きられない。起きても、ぼんやりとして眠い。まるで霞んでいる春の景色のように、頭の中がすっきりとしない。そんな感じの方も多いのではないか。ただ、現実では四月から新年度となり、学校も会社も慣れない環境でスタートする、そのために生活も大きく変化する、なんて人も多数のはず。

この状態のまま五月になると、蓄積した疲れとともに、ホームシックになったりするらしい。実際にそんな「五月病」の人に出会ったことは一度もないけれど、こんなにスマホが普及した現代でも、ホームシックなんてものがあるのだろうか、と少し不思議。

初めて実家を離れた人、故郷から遠くへ出てきた人は、いつも周囲から声をかけられる環境から一転し、大勢の見ず知らずの人々が自分を無視するようにすれ違っていくことに耐えられないのかもしれない。五月病というのは、このような人が罹《かか》るのか。

その逆の人もいる。いつも大勢から皮肉をいわれて、命令のような言葉を浴びせられてきたのに、街を一人で自由に歩けて、好きなときに好きなことができる、静かな時間を感じ、やっと落ち着いて生きられる、と思っている人である。

小学生になる小さな子供たちは、学校で友達を作ることを使命のように教え込まれている。そういう圧力が学校にも家庭にもある。しかし、友達というのは何なのかは、意外に教えてもらっていない。笑顔で会話をする関係が友達なのか。一緒に遊ぶだけで良いのか。そこがわからない。

友人というのは、言葉では大事だ、宝だ、財産だ、と美化されているけれど、一般に、憎しみ合い、争いになるのも、血縁や友人という関係である場合が最も多い。

かつては、集団の一員であることが生活に不可欠なファクタであったけれど、今はそうではない。個人でも生きられるようなシステムが構築された。それが都会の機能でもある。

多数派は、自分たちが当たり前だと思い込む

友達が大勢いる方が良いと感じる人と、そうでもない人がいるはずだ。僕は、友達が大勢いたら面倒だな、と感じる人間である。友達はべつにいなくても良い。友達が多い方が良いという人は、家族も多い方が良い、両親も多い方が良い、親戚も多い方が良い、と考えるのだろうか。同じ村に住む人も多い方が良い、人口は多い方が良い、などとも考えるのだろうか。

その是非はともかくとして、友達が多い方が良いと思う人は、友達はそんなに多くなくても良いと思う人よりも、割合として多い、つまり多数派かもしれない。しかし、友達なんて欲しくない人だっている、少数派だけれどいる、ということは事実である。そして、大事な点は、多数派だから正しい、という理屈が間違っているということである。これは、つい最近まで社会的に確立されていなかった考え方である。

古来、多数派は正常であり、少数派は異常である、と見なされてきた。少数派は常に迫害され、「反社会的」と扱《あつか》われた。だから、そういう人たちは生きていくために、自分の思いを隠し、我慢を強《し》いられた。

だが、そういった社会が間違いだった、と大勢が認識するようになった。少数派であっても、人格や権利を認めなければならない、差別してはいけない、という理念が浸透しつつある。逆に、多数派が当然で、常識で、普通であり、それ以外は不当で非常識で異常だと考えるような人が、今では「反社会的」と見なされる。

ということは、友達を大勢作りなさい、と子供に教えることは、理屈からいえば間違っていることにならないだろうか？　友達がいない奴なんて寂しい人間だ、と軽蔑する目で見ることも、間違っている。ここをもう一度、確認しておきたい。

また、多数派の人は、みんなが自分と同じように感じる、と決めつける傾向が強い。自分の子供も、自分と同じような人間だ、と思い込んでいる。自分と同じように感じることが嬉しい、同じように育ってほしい、と考えがちだ。もし自分と違っていたら、腹が立ってしまうだろう。自分と異なる考え方、感じ方をする人たちを尊重しなければならない、と理屈ではわかっていても、つい感情的に苛立《いらだ》ってしまうかもしれない。

自分の子供たちが大人になったとき、恋愛をしたり、結婚したりするのは、当然異性だと思い込んでいる。また、早く孫の顔が見たい、と口にしてしまう。そういう自身の感情がごく自然のもので、悪いなんて考えもしない。それが今の社会では非常識であり、もっと酷い場合には犯罪にもなりかねない、と考えたことがあるだろうか？

自分と違う人を尊重するのが優しさ

さて、少数派として半世紀以上生きてきたおかげで、僕は社会の非常識の変遷をつぶさに見てきたし、幸いにも、平均的ではない人たちに偏見を持つことがなかった。そういう人たちを最初に知ったときは、少し驚いたけれど、「ああ、こういう人もいるんだな」と認識を更新するだけで済んだ。ずっと昔から、少数派の人たちはいたのである。

たとえば、左利きの人は、右利きの人に比べて少数派だ。特に日本では少ないといわれている。僕が子供のときには、箸《はし》は右手で持てと強制された。習字の筆使いは右利きに適していて、漢字の形や書き順だって右利きに準じて決まっている。切符を渡す改札は右側にあるし、販売機のコイン投入口も右側にある。ハサミもナイフも右利き専用。学校で使える野球のグラブも右利きのものだけだった。左利きの子供が、右利きに矯正しようとして、生理的なストレスから病気になったり、障害が出る人もいた。

最も問題だと思われることは、右利きの人たちが、これらの便利さに気づいていない点である。それが当たり前だと認識し、不便に感じる人がいることを実感できない。それが悪いという話をしているのではない。そういう固定観念が生まれてしまい、右利きの人たちが気づけないことを不運だ、と僕は今書いている。

左利きは、人間にいろいろなタイプがいると子供の頃から感じることができ、人と違った生き方がある、少数であっても主張しないといけない、と考えるようになるだろう。

絵を描く人は左利きが多い。アーティストにも多い。右脳と左脳の役割などで説明されることが多いけれど、人と違うことを主張しようとする動機、つまり後天的な環境が関係している可能性もあるはず。

利き手の話は、わかりやすい一例でしかない。そこから類推して、少数派を認めること、自分と違っている人たち、意見が違う人を尊重すること、自分の価値観を他者に押しつけないこと、をいつも意識して、多数派の人ほど注意してもらえれば、と思う。

「優しさ」というのは、矛盾や不満を許容することである。優しさをもって対応するうちに、矛盾や不満は消えていくだろう。

戦車の模型に夢中になっていた

今年の初め頃からずっと、戦車の模型で遊んでいる。新しく買ったのではなく、ずいぶん昔から持っているものを修理して、久しぶりに走らせた。戦車というのは、戦争の道具だから、それだけで毛嫌いする人が多いだろう。ウクライナやガザの戦争でたびたび登場する、人を殺すための道具である。戦闘機も銃もそうだし、日本刀も鎧《よろい》もそうだ。このように突き詰めていくと、包丁だってバールだってアイスピックだって……。

ノルウェイでは電気自動車が広く普及している。そうなったのは、政府が補助し、充電施設なども整備されたからだが、それができたのは、石油を輸出して潤《うるお》う財政があったからだ。つまり、国外で二酸化炭素を出させて、自国だけは綺麗な空気にしたわけである。この石油は、戦闘機や戦車の燃料にもなる。戦争をするために最も大事な資源ともいえる。戦争をしたい国へ石油を送れば喜ばれるが、では模型の戦車を送ったら、どう思われるだろうか？　「こんなもの何の役に立つのか？」と叱《しか》られるはずだ。

つまり、模型の戦車よりも、石油の方がずっと「武器」なのである。形が似ているとか、呼び名が近いとかで、物事を判断しないようにしましょう。

子供が「戦車が格好良い」と思うのは素直な感情であり、「武器だから駄目」という大人の多数派が押しつけそうな観念には、注意を喚起したい。

雪がなくなり、ガーデニングができるようになった。庭園鉄道も毎日運行。犬も一緒に乗って、ぐるりとパトロール。枯枝や枯葉の掃除を毎日している。まだ、雑草は生えていない。

第18回　みんな新しいものが好きだった

これまでになかったものの魅力

古いものと新しいものを比べたら、誰だって新しいものを選ぶ、というのは常識だろうか。日本人には特にその傾向が強いようだ。食べるものは新鮮な方が良い、料理は出来立てじゃないと駄目、自動車は新車、今年流行のファッション、などいろいろ考えても、だいたいは新しいものに飛びつく傾向が窺《うかが》える。

僕も、若い頃はそうだったように思う。メーカがなにか新しいものを製品化すると、それが欲しくなった。特に、技術的な革新がなされた新製品に魅力を感じた。

子供の頃は、TVや雑誌で見るだけで、自分のお小遣いでは買えない。憧れるだけで終わり。ただ、どうせ買えないのだから、高価なものにまで興味を持つことができた。水陸両用の自動車だとか、テレビ電話だとか、あるいは未来志向の住宅なんかも。自分なりにいろいろ想像を膨らませ、考えるだけで面白かった。

大人になって、家庭教師のバイトで自由になるお金ができた。その頃、ＳＯＮＹのウォークマンを買った。最初のウォークマンではなく、カセットケースと同じサイズの超小型で薄型のウォークマンだ。二十四歳のときに一人でアメリカとカナダへ行ったとき、これを持っていったのだが、空港のチェックで「これは何だ？」と係員に質問され、テープレコーダだと答えても信じてもらえなかった。そんなに小さな再生機はまだなかったからだ。何を聴いていたかって？　レッド・ツェッペリン、クイーン、ジェネシス、パティ・スミス、ボブ・ディランなどで、日本のミュージシャンではない。

携帯電話も、出始めた頃に無理をして買った。仕事では全然必要がない、かける相手もいない、しかも、ネットができないのに、である。出張しているときにメールが読めたら良いのに、と思っていた。ノートパソコンがまだ重すぎる時代だった。

ｉＰｈｏｎｅが発売になったときも、誰よりも早く購入した。ようやく、メールが読めるようになって満足。今から十五年ほどまえのことだ。

自動車も、ＣＶＣＣとかＶＴＥＣとか、新しい技術が登場すると乗ってみたくなった。開発した人が凄いな、と感じられるものが好きだ。自分が研究者だったから、余計にそう考えたのかもしれない。

一ついえることは、僕が新しいものを欲しいと思ったのは、それを他者に見せたいからではない。これだけは断言できる。それに、他者が持っている新しいものを羨《うらや》ましいと思ったこともない。ただ、自分の考えで、「これは凄いな、それを作った人間が凄い」と感じたかったからである。

人はいつも新しいことを考えようとする

実物を入手する必要がないこともある。たとえば、その新しい技術に関する書籍を読めば、凄さが理解できる。どのようにしてそれが生まれたのかを知ることで、人の凄さが伝わってくる。だが、それ以上に、できればそれを自分も使ってみたい、そんな気持ちがある。

機械だったら、分解して内部を見てみたい、という好奇心が湧《わ》く。子供の頃から、凄いおもちゃに出合うと、必ず分解して内部を確かめた。電化製品も分解して、中を見た。扇風機の1、2、3というスイッチはどうして、一つを押すと、今まで押されていたものが戻るのか、その仕組みを知りたかった。ミシンの糸は、どうして布を通り抜けるのか、確かめたかった。掃除機が空気を吸い込むのは何故なのか……。

あるとき、自分の身の回りにあるものの仕組みが、だいたい理解でき、説明ができないものはなくなってしまった。だから、新しい技術、これまでにないものへと興味が移っていく。そういうものを分解して、中を探ってみたい、と。

僕のこのような小さな冒険は、いつも、それらの凄いメカを作った人間の頭の良さへの憧れにつながっていく。よくもよくもこんなものを考えたな、と溜息が出る。凄い人間がいるものだ。しかも、一部の天才ではない。めちゃくちゃ大勢いるのだ。

まず、その新しいアイデアを思いつく人がいる。そして、それを具体的な構造に展開し、それらを実際に作り、試し、試行錯誤を繰り返す技術者たちがいる。そんな素晴らしい人たちのおかげで、新しい製品が生まれてくる。開発に時間と労力と費用がかかるため、新しいものは値段が高い。わざわざそんな高価なものを購入するのは、人類の叡智《えいち》への僅かばかりの寄付、投資である。

そうそう、どこかであった災害に関連して、この頃はその地方を「応援」するためのイベントが開催され、食べ物などを売り出したりしている。それを買う人たちは、マイクを向けられると、「少しでも」という単語を必ず使う。「少しでも応援したい」「少しでも元気になってもらいたい」と。どうも気になる。その食べ物を買わずに同じ金額を寄付すれば、「少しでも」多くのお金が届くのにな、と考えてしまう。たぶん、僕のひねくれ具合によるものだろう。

話題が逸《そ》れた。僕が新しいものを買う理由として、開発者にお金を届けたいのは、ほんの「少し」の割合であって、大部分は、単に新しいものに自分の手で触れたいからである。

「新しい」とはどういう意味か？

簡単だ。これまでに存在しなかったものに対して使う形容である。過去に存在したもの、少なくとも、その記録が確認できるものは除外される。もっと簡単にいえば、世界で初めて出現したもの、それが「新しい」という意味だ。でも、この定義は一般的ではない。普通は、単に洗って綺麗にしただけのものや、まだ実際に使われていないもの、自分が知らなかったもの、などを「新しい」と表現する。

かつて、僕の仕事は研究だった。これは、とにかく新しいことが第一条件であり、新しくなければ研究ではない、という認識で臨まなければならなかった。世界で自分が初めて知る、初めて作る、初めて解く、初めて仮説を立てる、初めて着目する、それが研究の大前提である。

そして、「初めて」とは、比較する他者がいないということなのだ。既にいる誰かを追いかけるとか、誰かよりも良いものにするとか、ではない。それら動機はビジネスライクであり、競い合って需要を狙うのが商売だ。研究には、そういったチャンスはどうだって良い。世の中の役に立つのかどうかも二の次となる。そんなことは、新しいものを生み出したあと、ビジネスライクな誰かが考えてくれる。

したがって、商売に向いている研究かどうかは、よくわからない。確実に「これが売れる」とわかっていても、それはやらない。何故なら、「既にある」からだ。

作家になっても、このスピリットが未練がましく残っていたから、やる気になれないものが多かった。「ドラマになりそうなもの」「名探偵もの」などは、あからさまに避けて通ったし、また自分が書いたシリーズでさえ、それらが出回ってファンがついた頃には、「もうこれはある」ものになって、新しくないものはできないな、という力が働いた。

映画やドラマを見ていて、「これは面白いな」と感じたものは、自分では書かない。知れば書けなくなる。だから、できれば傑作に出合いたくない。出合えば、それは自分の創作の障害になるだけだ。そう考えていた。

ところが、最近になって（つまり歳を取って）、少し変化があった。小説家として引退したこともあって、傑作に出合って障害に囲まれても、もうそれらを避けたり、突破しなくても良い、という気持ちになれた。

一番の原因は、新しいものをやりすぎたこと。二番めは、そのやりかけたプロジェクトが溜《た》まりすぎたこと。残りの人生で、このやりかけ全部を消化することは無理だとわかったので、しかたがない。ゆったりと構えて、これらを少しずつ片づけていくか、といったあたりが、今の心境である。といっても、いつまた新しいことを思いつくかもしれないから、断言はできませんけれど……。

行楽のシーズン？

日本がゴールデンなんとかで、各地で渋滞し、観光客でごった返しているらしい。僕は二十代の頃から、このシーズンには外に出ないと決めているので無関係。庭園内では、地面に近い高さは緑になり、春の花々が半分ほど咲き始めた。樹の葉はまだ出ていない。

今日は、朝の六時頃から奥様（あえて敬称）と犬一匹を乗せ、クラシックカーで軽度なドライブに出かけてきた。途中で桜が咲いているのを見つけた。「桜があるんだ」と思っただけ。風がなく暖かい日になりそうだから、隣の平原でラジコン飛行機を飛ばそうかな、と考えながら、今コーヒーを飲んでいる。

まだ朝は寒い。霜が降りる日もある。しかし、太陽は高く、日差しは暖かいから、雑草を抜いたり、枯枝を拾ったり、つい庭を歩き回ってしまう。犬たちがついてくるが、手伝ってくれるわけではない。のんびりと引き籠《こ》もっている毎日である。

第18回
みんな
新しいものが
好きだった

庭園内の三十メートル級の高い樹には、まだ葉がないので、日差しが地面まで届く。新緑はこうして低いところから始まる。丸く見えるシルエットは、昨年秋に咲いていた紫陽花《あじさい》がドライフラワになったもので、四メートルくらいの高さ。

第19回　いろいろ作ってきたけれど……

いつもなにかを作っていた

工作を始めたのは、幼稚園の頃で、そのきっかけは、近所の家で三つくらい歳上の女の子が、キャラメルの箱を何個かくっつけて、小物入れを作ったのを見せてくれたことだった。どうやって、それをくっつけたのかときいたら、「ご飯で」と教えてくれた。さっそく家に帰って、母にご飯をくれと頼んだのを覚えている。ご飯粒が接着剤だったのだ。

やはり、幼稚園のとき、父が製図板で電車の展開図を描いてくれた。彼は建築の設計を仕事にしていたからだ。展開図をハサミで切り出し、糊代《のりしろ》にご飯粒をつけ、電車の立体形が出来上がったのは、カルチャ・ショックだった。

小学一年生のときだと思う。市街地の一角にある噴水を囲む池で、中学生だろうか、少年たちがモータボートの模型を持ち寄り、競争をさせていた。電池とモータで動くプラモデルだった。少なくとも五人くらいが、それらを持っていて、池の片側でボートを手放し、走りだすと反対側へ走っていって、自分のボートを待ち受ける。それを見て、僕はショックを受けた。そのあと、夜のうちに父に模型店へ連れていってもらい、プラモデルのモータボートを買ってもらおうとした。だが、入った店には、そんな品物がなく、その日は買えなかった。プラモデルというものも、そのときまで知らなかったのだが、ボートだけでなく、いろいろな模型があることがわかった。

プラモデルは、小学校の低学年までで飽きてしまった。高学年になると、少年雑誌を買ってもらえるようになり、工作のページを楽しみにしていた。鉄道模型や模型飛行機があることを知り、いつか自分も作ってみたいと夢見ていた。

お小遣いは数百円だが、当時は、それで買えるプラモデルがあった。しかし、モータは別売で、プラモデルと同じくらいの値段がした。さらに、電池も高い。高いのに、すぐなくなってしまう。だから、遊べる時間はほんの僅かだった。

小学生のうちに、鉄道模型には入門できた。それ以外にも、いろいろ作った。大きなものでは、夏休みに自分一人で裏庭に小屋を建てた。これは、父の仕事の関係で材木が沢山あったからだ。捨てられた自転車を二台つなぎ合わせ、人力自動車も作った（人力だから自動ではないが）。天体望遠鏡も作ったし、室内で飛ぶヘリコプタ（棒の先に取りつけられ反対側のウェイトで釣り合わせたもの）も作った。夏休みの工作では、背丈一メートルのロボットを作って学校へ持っていった。これはリモコンで動くもので、モータが六つ使われていた。

同時期に、電子工作にも夢中になり、アマチュア無線技士の免許を取得し、無線機を自作するようになる。ロケットの実験をしようとして、火薬の材料を買いにいき、薬局で叱《しか》られたこともある。

「作る」といえるのはどこから？

ところで、プラモデルは「作る」ものだろうか？　そんなの当たり前だ、とおっしゃる方も多いと思う。でも、プラモデルは、「組み立てる」ものではないか。なにしろ、付属する説明書に「組立て説明」とある。そのとおりの手順でパーツを組むと、もともと決まっていた完成品になる。もちろん、色を塗ったり、細部を削ったりして、オリジナリティは出せるけれど、基本的に、よほどの改造を行わないかぎり、まったく違ったものにはならない。でも、レゴなどのブロックに比べると、プラモデルは作っている感じがする。その理由は、接着剤。そして、やはり塗装である。接着と塗装は、それを行うと、元に戻すことができない。ブロックはいつでも分解して初めの状態に戻せる。この「不可逆性」こそが、「作る」という行為の一つの要件といえるだろう。

普通の工作では、材料を切る、削る、穴をあける、溶かすといった不可逆的な処理が加えられる。キットなど、一部の工作が既に行われているものもある一方、材料が未加工に近い素材であるほど、工作は難しくなり、時間を要する。しかし、その処理の割合が増えるほど、純粋な「作る」行為に近づくのである。

英語で、「作る」は、ビルド、あるいはメイクである。工作の界隈では、キットではなく完全な自作のことを、スクラッチビルドという。スクラッチとは引っ掻《か》く、傷つける、掻き集める、裂く、穴をあける、彫るといった意味である。これらはいずれも不可逆的工程といえる。

完全なスクラッチビルドのことを、特別に「フルスクラッチ」と呼ぶ。これは、市販のパーツを使わないで、すべてを自作することだ。なかには、ネジ類まで自作に拘《こだわ》る人もいる。また、その工作に必要な道具まで自作するような人もいる。

だが、そんな人でも、金属材料や木材は市販のものを買っているのだ。それらは、工場で加工されている。金属は鉱物から精製され、形を整えて出荷される。木材も木を加工したものだ。だから、材料のどこまで自分が関わるのか、というレベルになる。

無線機やアンプを沢山作ったけれど、これらの工作は、電子パーツ、たとえば、真空管やトランジスタなどを使用する。それらを自分で作ることはできない。できないことはないが、極めて困難だ。では、電子工作というのは、工作といえないのだろうか。

実物でも、たとえば建築工事において、現場で作られているものは少ない。ドアや窓は、パーツとして運び込まれる。木材も工場でカットされた状態で搬入される。壁も屋根も、使われているパーツは工業製品だ。つまり、フルスクラッチとはいえない。

「お手軽」が僕の工作の方針か

僕の場合を話そう。工作室には、旋盤もフライス盤もボール盤も設置され、鉄、ステンレス、真鍮《しんちゅう》、アルミなどの素材から自由に加工することができる。木工でも電動工具を取り揃《そろ》えている。溶接機はもちろん、プラズマカッタもグラインダもバンドソーも持っている。これらの工具は総額で数百万円するはず。この値段を払うなら、専門業者に委託して、作ってもらった方が安いかもしれない。

しかし、自分の手で作ること、わざわざ遠回りし、しかも下手くそな加工をする、失敗もする、そんな工程が面白い。趣味というのは、そういうものだろう。

それ以前に、何をどうやって作るのか、と考えることが面白い。設計図があり、組立て説明に従って作る行為は、誰かから指示されて労働しているような気分になって、少し面白くない。ここが仕事と違う点である。

僕は、模型が好きだが、実物のとおりに作ることは少ない。実物というお手本があるだけで、作る行為が労働に寄ってしまうからだ。

目的や目標がない方が面白い。毎日悩ましいことがある方が面白い。はっきりいうと、どうしたら良いのかわからない、どうやっても上手《うま》くいかない、もう諦めるしかないのか、という方が楽しいのだ。

手取り足取り指導されたら、きっとつまらなくなる。ネットで調べて、「こうしたら問題が解決するよ」と教えてもらうと、もう興醒《きょうざ》めだ。その瞬間に、いわれたとおりに働く労働者になり、仕事になってしまうからである。

最近の僕は、誰かが諦めて手放したガラクタを修理し、復元している。ガラクタをオークションなどで手に入れるのは、悩ましい問題を買っているようなものだ。そして、その問題が自分の力で解決したとしても、べつにそんなに嬉しいわけではない。「あ、終わっちゃったな」という程度である。そうではなく、問題に直面して、没頭する時間が面白い。あれやこれやと可能性を想像し、頭を使っているとき、爽快な気分になれる。これは、ジョギングなどのスポーツと同じだろう。頭が運動しているのだ。

だから、僕の工作は、手と躰《からだ》を動かして、頭にも「動いたら?」と誘っている行為だと思える。これは庭仕事でも同じ。また、プログラムだって、小説執筆だって同じだ。問題を見つけたときは、ほんのりと生きていることを思い出せる。

一番新しいＭａｃが動かなくなった

一昨日くらいから、Ｍａｃ（Ａｐｐｌｅのパソコン、マッキントッシュのこと）が頻繁にシャットダウンするようになった。四年くらいまえに買ったもので、文章を書くために使っていた。触っていなくても、突然画面が暗くなり、やがて再起動する。失われるデータは僅かで、数分の仕事をやり直すだけで済むが、中断するのは困りものだ。いちおう、ＯＳを再インストールしたり、各種の対策を試したりしてみたが、ハードの問題らしく、解決しない。しかたがないので、新しいＭａｃを注文しつつ、別のＭａｃで仕事をしている。

デスクには三台のＭａｃが常時働いているから、一台がダウンしても、仕事に支障はない。でも、気になっていろいろ試すから、時間は取られる。これも、問題を抱える状況が面白いと感じるせいだ。既に数時間は楽しめた。

庭園の樹木が葉を出し始め、それらが少しずつ広がってきた。あと一週間くらいで、全域が木陰になりそう。今朝の気温は零℃だったが、日中は十五℃くらいになるだろう。夏が近づいている気配はする。けれど、まだしばらくはジャケットが必要だろう。

シャンプーをしてもらい、ウッドデッキでドライヤをかけてもらったところ。僕が担当している六歳のシェルティは、体重が二十三キロもあるので、簡単に持ち上げられない。ほぼ二十四時間、一緒にいる。

第20回　パソコンとともに生きてきた

ずっとコンピュータを使う仕事だった

先日、四年振りにＭａｃを購入し、今それを使ってこの文章を書いている。注文してから一週間後に航空便と宅配便で届いたＭａｃＢｏｏｋ　Ａｉｒである。Ａｉｒというのは、特に薄いノート型のＭａｃの名称で、このＡｉｒが発売になって以後、僕が購入したパソコンは、すべてＡｉｒ。たぶん、七台めくらいだと思う。

僕は、大学に勤めていたとき、研究室で使うパソコンとして、ＡｐｐｌｅのＭａｃを毎年十台くらい買っていた。累計で百台ほどは買ったはず。それ以前は、ＮＥＣの９８００シリーズを買っていた。プライベートでも同じで、ＮＥＣとＡｐｐｌｅ以外のパソコンを買ったことはない。ＯＳがＷｉｎｄｏｗｓになるまえに、Ｍａｃに乗り換えた。

研究では数値解析を専門としていたので、最初は電子計算機センタへ出向いて、大型コンピュータを使っていた。言語はもちろんＦＯＲＴＲＡＮ。僕の世代は、学部のときはカード入力だったけれど、大学院になったらTSS（タイムシェアシステム）が普及して、センタ内の一室に並んだ端末を使い、モニタとキーボードでプログラムを書いた。大学の電子計算機センタは四階建てのビルで、どこにコンピュータの本体があるのか見たことがない。ただ、端末室、カードのパンチ室、プリンタがある出力室、プロッタがある図形出力室などが各フロアに分かれていたから、いつも階段を上り下りしていた。

助手として近隣の大学へ就職した頃には、パソコンが市販されるようになり、計算機センタへも、研究室のパソコンからログインできるようになった。つまり、パソコンが端末になった。電話回線を使えば、自宅のパソコンからもログインできたけれど、電話代がもったいないし、接続するための機器を自前で買う気にはなれないので、夜も大学に残って仕事をしていた。

その後、パソコンは急速に性能アップし、研究で行う計算もなんとかできるレベルになった。計算時間は計算機センタの百倍以上かかったけれど、使用料は無料だ。研究費は限られているから、計算機使用料を払うよりも、パソコンを買って、何日も昼夜ぶっ通しで計算させた方が安く済む。なにしろ、計算してもバグやミスがあったりして九十パーセント以上は失敗に終わるし、たとえ成功しても、すぐにプログラムを改良し、また新たな挑戦をする、という繰返しだったから、いくらでも計算する課題が存在した。

解析プログラムも、出力プログラムも、すべて自分で作った。自宅では、ゲームのプログラミングもした。市販のソフトなどなかったからだ。

パソコンの進化はなによりも凄かった

しかし、やがて便利なソフトがどんどん発売されるようになった。一番便利だな、と感心したのはワープロである。「一太郎」などは、完成度が高くて、初めて「作るより買った方が良い」と思えたソフトだった。それでも、まだ図形出力のプログラムなどは自分で書いていた。

あるとき、Ｍａｃが学生向けに半額で売られるキャンペーンが生協で実施され、個人で初めてＭａｃを購入した。半額といっても四十万円くらいしたと思う。それでも、このＭａｃのシステムには驚いた。なるほど、これからはこうなるのか、と気づかされた。

それ以来、大学でもＭａｃを買うようになり、解析プログラムもＭａｃで走らせるようにした。当初は、Ｍａｃはプログラミングには向かない、と思われていたが、走らせてみると高速で、充分に使えることがわかった。これは、ＣＰＵの性能による差だった。

パソコンは、この頃からどんどん性能アップしたけれど、一番の変化は、安くなったことだ。周辺機器も含めて、なにもかもがとんでもなく安くなった。

いろいろな工業製品がある。住宅、車、電化製品など、どれと比べても、パソコンの性能アップと低価格化に比べられるものは存在しない。とにかく、もの凄い進化だったのだ。数十年の間に、性能は百倍以上になり、価格も十分の一になった。トータルで、千倍になったといえる。自動車だったら、四百万円の高級車が四千円で買えるようなった、と想像してもらいたい。

プログラミングしなくても良くなったのも大きい。しかも、必要なソフトは全部最初からシステムに組み込まれている。ワープロも、表計算も、最初から無料でついてくる。バージョンアップも、ネット経由で行われるし、ほとんど無限というほど記憶容量が大きくなった。もう、なにもいうことはない。なにも求めるものはない、というレベルである。

それと同時に、僕はパソコンにも、コンピュータにも、ネットにも、興味を失った。もう出る幕ではない、といったところか。自動車なら、ちょっと昔のレトロな車を運転したら楽しいだろうけれど、昔のパソコンをわざわざ動かしても面白くない。そもそも、そんなものは手に入らないし、入ったとしてもソフトやインターフェイスやデータの互換性がなくて使えないだろう。

とはいえ、今も書斎のデスクには五台のＭａｃと一台のＮＥＣマシンが並んでいて、このうち常時三台をモニタに表示させている。ただ、何をしているのかというと、ただネットを見たり、文章を書く程度のこと。計算能力が要求されるような使い方はしていない。

すべてが電子化へ向かっている

自動車も進化しているけれど、昔に比べて、道路は整備され、ナビもあるし、車内も快適で、さらに安全性も高まっている。ところが、自動車が何故必要なのかを考えると、遠方の人に会うため、遠方の景色を見にいくため、なにかの荷物を運ぶため、といった目的自体が減少している。そういったものは電子化されつつあるからだ。

パソコンも進化したけれど、昔に比べて、ネットが整備され、クラウドなども普及した。昔は、作文してプリントアウトしたが、今はプリンタは必要ない。スキャナを使う機会も減少した。最初から3Dで作図し、いわゆる図面というものが不要になりつつある。しかも、設計そのものをＡＩが行うようになる未来が近い。何にパソコンを使うのか、と考えても、これといって思いつかない。友達とつながるため？　年賀状を出すため？

人間の役割もどんどん変わっている。昔は、綺麗な文字が書ける、正しく文章が書ける、英訳ができる、図面が描ける、写真が撮れる、会計簿がつけられる、法律に詳しいなど、各種の技能が人間に備わっていた。そのために勉強し、経験を積んだ。何のために人を使うのかが明確だった。ところが、今はそれが必要ない。そういった技能は、人間から離れたところにある。ソフトやアプリで安価に手に入る。かつて専門職でないとできなかった作業が、今は誰にでもできるようになった。

科学技術が進歩し、それらが社会に普及していく。これによって、難しいことが簡単になり、専門知識がない人でも判断ができるものが増えた。これは、百年以上まえからずっと続いている傾向であり、人間の仕事は機械に置き換わっている。平均的に見れば、明らかに人間は楽になった。人間だけではない、動物も楽になった。

コンピュータやＡＩの進出によって、人間の仕事が奪われることは、現象的にはそのとおりであるけれど、実質的には、それだけ人間が楽に生きられる社会を実現していることと等しい。もちろん、一時的、局所的には、職を奪われて、転職を迫られるという人も出るので、こういった部分になんらかの補助が必要な場合もある。しかし、ワープロが出始めて、和文タイプを仕事にしていた人は失業したし、パソコンの普及で会計簿をつけていた事務員も失業した。そういった人に国の補助がされたという記憶はない。人知れず、さまざまなところでリストラが行われ、直接原因が顕著にならないだけかもしれない。だが、何十年もこの自動化、電子化の波が押し寄せているわりには、失業率が大幅に増加していないのは、それなりに人間の仕事が存在することを示している。

個々の仕事は、楽なわりに賃金が高い、という方向へ変化してきた。今後も、さらにこの変化が続くはず。どんどん楽になり、どんどん賃金が高くなる。科学技術の進歩のおかげだといえる。

植樹作業で肉体疲労の毎日

庭園鉄道の土木工事は、最近ではそれほど大掛かりなものはない。ほぼ、全線が整備され、あとは小さな補修を毎年する程度になった。ここ最近多いのは、奥様（あえて敬称）からの依頼で、樹を移植する作業。庭園内では、自然に生えた樹が育ち、けっこうな大きさに成長したものが多々ある。それらを、もっと適切な（人間が欲しい）場所へ移すことを、彼女が思いつくためだ。春のこの時期が、移植に適しているのである。

だいたい高さ二メートル以下の樹で、周囲から根を掘り出し、新しい場所に穴を掘って埋める。今年は既に二十本ほど移植した。一日で五本くらいが体力的な限界だ。後日躰《からだ》が痛くなるけれど、まあ、運動不足なので、ちょうど良い。怪我をしないように気をつけている。

先日、血液検査、レントゲン、心電図、尿検査などをした。したかったのではなく、させられた。しかし、どれも問題なく、数値もすべて正常の範囲内だった。ようするに、これは「健康」ということだろうか。自覚はないので、不思議に思っている。

庭園では葉が広がり、新緑のシーズンとなった。ほぼ全域が木陰となり、木漏れ日で苔《こけ》の地面が輝く。ガゼボ（展望東屋）の近くに停車中のレールカー。ようやく少し暖かくなり、夏を感じさせる爽やかな気候。

第21回

「綺麗事」が「本当に綺麗なこと」になる

裏表のない善良な人たち

これについては幾度か書いたことがあって、一部が重複するけれど、つい最近、僕自身がようやく納得できた気がするので、きちんと書いておこうと思う。だから、どちらかというと僕個人の問題、と捉えてもらってかまわない。奥様（あえて敬称）にこの話をしたところ、「当たり前じゃない。今頃気がついたの」といわれた。気づいたというよりも、それを裏づける発言に複数遭遇し、どうやら確からしい、それなら説明がつく、といった感じの緩い納得ではある。

説明は少々難しい。そもそも最初からそれが当たり前だと思っている人には、何のことかわからない可能性もある。若い世代には理解できない感覚である確率も高い。

最近（ここ十年ほど）僕が「鼻につくな」と感じていた綺麗事の大半は、どうも単なる綺麗なものであって、無理に装っているとか、建前として立派な言葉を並べているのではなく、発言者はそう信じきっている人たちであり、特に若者の多くは、そのとおり、見かけどおりで、裏表のない、すなわち綺麗な本心を持っているらしい。それが育《はぐく》まれる平和な環境、愛情溢《あふ》れる社会、友愛に満ちた人間関係の中で育っている。不満を隠すためや、なにかに忖度《そんたく》して言葉を飾り、自分の本心を隠しているわけではない。言葉として出てくる綺麗事が、そのまま彼らの本音なのだ、ということに気づいたのである。遅かったでしょうか？

もちろん、科学的な調査をしたわけでもないし、そんな証明をすることは難しい。だいいち本心というのが測定できない。発言や行動などから推し量るしかない。でも、どうもそうらしい。さらに憶測を進めると、彼らには本音というものがない、という仮説が導かれる。

本音というものを後生大事にしてきた僕たちからすると、そう見えてしまう。だが、建前なんてシールドを作るから、本音が生まれるのだ。裏表がない人には、つまり本音がない、といえるはず。

嫌味に聞こえたかもしれないが、全然そうではない。とても善良な人たちだと思う。健全で優しくて正直なのだから、尊いといえる。

僕たちの世代は、けっして綺麗とはいえない環境で育った。社会は矛盾に満ち溢れていたし、明らかに正しいものが通らない人間関係に、多くの人が不満を募《つの》らせていた。今でいうところの、各種ハラスメントはごく普通のことだった。我慢できない奴は社会の脱落者だ、と後ろ指を差された。そんななか、表向きは笑顔で、綺麗な言葉で飾り、建前で防衛しながら生きてきたのだ。

ときどき仲間や友達と話すときだけ、滲《にじ》むように本音が出た。本音というのは綺麗な言葉にはなりえなかった。反発は憎悪に満ちた表現となりやすいからだ。そして、そういった本音を交わすことが、相手に対する誠意だったし、親しい関係を確認するアイテムでもあった。嫌味をいうのも同じで、本音を仄《ほの》めかすサインでもあった。年配の方なら、このスタイルが理解できると思う。

できすぎ君は、単なる優等生か

『ドラえもん』に登場する出木杉《できすぎ》君は、たしかに優等生キャラである。しかし、この漫画が登場した当時、「優等生」は褒《ほ》め言葉ではなかった。「できすぎ」という表現は、あまりに完璧すぎる見かけは、なにか裏の悪事や欠点があるという意味だ。多くの人がそう受け止めていた。「～すぎる」とは、そのあとに、否定的な内容がくることを示した。「できる」よりも、「できすぎ」は悪い意味になる。英語でも、「ｔｏｏ」のあとに形容詞がくれば、そのあと「ｂｕｔ」の否定が続くと相手に期待させる。続く言葉を噤《つぐ》んでも、お互いの共通認識として欠点が強調される。

ところが最近では、「〜すぎ」というのは、そういった否定的な裏のない表現として用いられている。「可愛《かわい》すぎる」というのは、「とても可愛い」という強調であって、なにか欠点があるという示唆《しさ》を含まない。特に若い人ほど、その意味に受け取るだろう。だから、「できすぎ」というのは、素直に「とてもできる」という意味になった。出木杉君は、こうして完璧な優等生になってしまった。

このように、現代の若い世代は、上の世代に比較して、「超」がつくほど素直なのである。他者の良い面を見て、素直に「凄いな」と感心する。なにか裏があって、上辺だけを繕《つくろ》っているとは受け取らない。

「優等生」と同じく、「お金持ち」も褒め言葉ではなかった。「エリート」も「高学歴」もそうだった。だから、実際にお金持ちや高学歴の人たちは、妬《ねた》まれないように自分の属性を極力隠したものだ。

また、面と向かって褒められたときには、それを全面的に否定し、「とんでもない」「そんなことありません」と首をふり、謙遜するのが常識だった。たとえば、自分の子供を誰かから褒められたりしたら、慌てて否定し、実はこんな悪いところがある、問題ばかりで困っている、と子供の悪口を自分から話した。親たちのこのような発言を聞いていた子供たちは、落ち込んだのかというと、日頃から悪い点ばかり指摘されていたから、さほど気にしなかった。このようにして、身内を悪くいう習慣を自然に身につけたのだ。

今はその反対である。みんなが素直になって、良いものがあれば感心し、自分や家族の良いところは自慢し合う。お互いに褒め合って、癒し合っている。良いところを見つけて賞賛する、というキャンペーンが広がっているようだ。悪くない。良いことだと思う。

ただ、年配の人たちは、それを見て心配になるだろう。こんな綺麗事ばかりで大丈夫か。本音がわからない。にこにこしているけれど、あるとき突然きれてしまい、犯罪者になるような人が出るのではないか、などと不安を抱く。なにしろ、綺麗事は本心ではない、悪口をいったり聞いたりできる関係が大事だ、そういった否定的な意見こそが本音であり、本音を語らない人間は信用できない、と頭に叩《たた》き込まれてきたからだ。

異文化を認識して理解する

辛辣《しんらつ》な物言いをすることが、老年には一種の誠意なのである。だから、信頼を得るために、わざと皮肉をいったりする。タレントにも、そういった役割の人たちがいるだろう。たとえば、「ご意見番」とか「毒舌」などと呼ばれたりもする。同じ世代の人には、本音を語る人が頼もしく見える。しかし、若者からすると、単なる口の悪い老人でしかない。厄介者《やっかいもの》であり、社会からは消えてほしい人格と映るだろう。

一方で、正義のヒーローのような綺麗事を恥ずかしげもなく語る人を見ると、老人は苦笑してしまう。軽々しい物言いだ、黙って行動で示せ、といいたくなるだろう。口の達者な人間は信頼できない。裏があるに決まっている。だが、若者には、この綺麗な言葉が響く。立派な発言ができることが美徳なのだ。

世代間でこのような価値観のギャップがある。だから、自分とは違う世代の認識を想像し、自身の印象を補正した方が良い。理解しろというのではない。納得できなくても、異なる文化だと思えば受け入れることができるだろう。

ただ、ネット上ではこの補正が難しい、という問題を最後に指摘しておきたい。つまり、SNSなどの匿名環境では、相手の年齢がわからないからだ。最近では勢いが衰《おとろ》えたかに見える5（旧2）ちゃんねるなどでは、かつては本音が汚い言葉で語られていた。リアルではいえないことを誇張し露出させていた。若者の捌《は》け口なのだろう、との解釈は的外れで、比較的上の世代が発信源だったはず。擁護するわけではないけれど、歪《ゆが》んでいるものの、彼らにとっては一種の誠意だったのだ。本音の掲示板が衰えたのは、若者がついていけなくなったこと、老年が文字どおり引退していったことによるものと考えられる。

今回書いたことは、年寄りはみんなこうだ、若者は例外なくこんなふうだ、という話ではない。割合が多い少ないという傾向の予想でしかない。僕自身が想像し、自分を理解させるために立てた仮説でしかない。みんなもこう考えなさいという意見では全然ない。単に、僕はこう考えて世間を理解しようとしています、というだけの話。

毎日の庭仕事

先週はちょっとしたロングドライブに出かけた。しかも、クラシックカーで。調子が良く信頼性も高まったためだ。いろいろ部品を交換し、気になる部分を地道に直してきた結果、四年まえに購入して以来、現在が最も好調である。数年乗って遊ぼうと思って買ったのだが、明らかに買ったときより高価値になったので、今は手放す気になれない。もっと楽しもうと考えている。

相変わらず庭仕事が忙しい。樹の移植作業が続いていて、トータルで四十本くらい移植した。このほかに、枯枝や枯葉を拾い集めて焼却する作業、芝生のメンテナンス（芝刈りや肥料撒《ま》き）、草刈り、雑草取り、蟻の巣対策、さらに、庭園鉄道のメンテナンスがある。

敷地内から出なくても、腕時計による測定では、毎日一万歩は軽く歩いている。

犬の世話もある。朝夕の散歩はもちろん、遊んでやらないといけないし、ブラッシングやシャンプー、そして食事の用意なども。

なかなか工作に時間が取れないけれど、それでも毎日少しずつ、できることを見つけて進めているうえ、新たなプロジェクトも二つスタートした。

庭園内の方々にあった九本のブルーベリィの樹を移植し、一箇所に集めた。まだ小さいものの、実が生《な》って食べられる。森林の葉が八十パーセントほど広がり、ドームのように庭園を覆っている。写真の木漏れ日の大きさでそれがわかる。

第22回　「潔癖社会」純度上昇中

少しの汚れも許せない善良な人たち

既に九〇年代後半くらいから、「なんだか、みんなが潔癖症になったみたいだ」と感じていたけれど、当時は、「少々不気味だな」くらいの感覚だった。「潔癖」というのは、「神経質」と同様に、どちらかというと悪い意味で使われる場合が多いだろう。「綺麗好きすぎる」という意味だが、この「すぎる」が今では褒《ほ》め言葉になり、「潔癖」も同様に良い印象になったのかもしれない。潔癖な人が多数派になったからだろうか。類似のものに、「完璧主義」があって、本来は揶揄《やゆ》する表現だったのに、今では自慢したり褒め称える言葉になっている。

今は使われないかもしれないが、「泥くさい」という表現がかつては使い勝手が良かった。意味は「田舎《いなか》くさい」とか「やぼったい」といったところだけれど、これを「現実的」かつ「実質的」というようなポジティブな意味で使っていた。実際、田舎の道路は舗装されていないし、雨でも降れば靴は泥まみれになった。最近では、舗装されていない道路なんて、かなり珍しい。ワイルドな道はもう「道路」とはいわないのかもしれない。

たとえば、「清濁併せ呑む《せいだくあわのむ》」という言葉があって、僕の父がよくこれを語った。「度量が大きい」と解釈できる言葉だ。少々の濁りを気にしていてはいけない。トータルで評価しろ、といったところか。これが今では「そんな汚いものを飲むなんて信じられない！」と炎上するだろう。

これらの変化は、前回書いた「綺麗事」の話と関連する。社会は裏表のないクリーンな方向へ進んでいるらしい。以前は、裏社会があって当然だったから、汚れたものも認めざるをえなかった。今は、汚い部分があってはならない、と多くの人（特に若い世代）が感じているようだ。正しくないことを見過ごせない、ちょっとした悪事でも許せない、といった潔癖社会に近づいているように見受けられる。

このようなクリーンな社会への欲求が強くなってきた理由として考えられるのは、汚れていることがわかるようになったから、つまり可視化されたためだろう。悪い部分、いけないこと、これはどうかと思われるものを、かつては個人が知るだけ、それを誰かに話すだけで終わっていた。話を聞いた人は、「そういうのってあるよね」と同調しつつ受け流したものだ。しかし、今はそれらが写真や動画で公開される。排除すべきものは、晒《さら》すべきだ、との認識が一般的になってきた。だから、目撃した個人も、黙っていてはいけない、告発しなければ、と考えるようになった。こうして、潔癖社会が純度を増す。大衆が「潔癖」で団結しようとしているようにさえ見えてしまうのである。

「どうして取り締まれないのか？」という声

悪事というのは、一般的には法律で規制されている。つまり、やってはいけないことは、違法行為となる。ところが、それ未満というか、悪事とまではいえない行為として「迷惑」なものが存在する。このような迷惑行為も、かつては近所の人たちが、「困ったものね」などと噂《うわさ》して情報共有するだけだった。いわゆる「眉を顰《ひそ》める」だけの対象であり、少々のことは「目を瞑《つむ》って」見過ごすのが一般的だっただろう。なにしろ、もっといけないこと、大きな悪事が幾つも存在するのに、そんな「裏社会」を見ないふりをして生活していたからだ。

ところが、気がつくと「裏」はどんどん明るみに出て、立派な「違法」となった。取り締まれなかったものも、法律を変えて対処するようになった。もちろん、まだまだ悪い「裏」は存在するけれど、かつての状況と比較すれば、目立つものは激減したといっても良いレベルだ。世の中は、少しずつだが良い方向へ進んでいるように見える。

僕が覚えている範囲でも、たとえば、飲酒運転が完全な犯罪になった。街中で歩きながら煙草《たばこ》を吸うことも駄目になった。乱暴な物言いや、言葉による暴力もアウトになった。河原で農業をしていたり、趣味的な遊びをしている人たちも糺弾《きゅうだん》され始めている。かつては役場に菓子折りを持って挨拶にいけば見逃してもらえたが、以前から違法だったのは変わりない。お祭りでは出店は激減したし、伝統行事でも安全管理や飲酒、あるいは動物虐待などに厳しい目が向けられるようになった。

僕は、これらはおおむね良い方向だと感じている。「昔は良かった」などとは全然思わない。なあなあの関係で許されていたものが続けられなくなったが、もし本当に必要なものならば、きちんと手続きをするなり、法改正するなり、議論をするべきだろう。

身近なところでクローズアップされつつある「迷惑」というのは、グレィゾーンである。困ったもの、眉を顰めたくなるもの、恥ずかしい行為、マナー違反などが、やはり写真や動画でアップされネットで晒されるようになった。みんなで、「困ったものね」と共感したい、そうやって一体感を確かめたいだけなのかもしれない。

そして、これらの「迷惑」の存在を許容できない人たちは、「どうして取り締まらないのか？」「いけないものは禁止し、罰則を決めるべきだ」と主張したいだろう。「遠慮してほしい」とか「やめてほしい」といった願望で処理する問題ではないとの意見である。

もしかして、ネットで拡散し、ＴＶでも取り上げられ、世論を煽《あお》っているのか。多数の「感情」を集めて規制の機運にしたい、ということだろうか？

大きな矛盾の存在を許容できる？

僕は、そんな大勢を遠くから眺めているだけの老人である。個人的にはこれといって感情も湧かないし、この件に対して関心も意見も持っていない。迷惑な人って、昔から大勢いた。すぐ近くに、どこにでも、いっぱいいた。「困った人だな」とは思ったけれど、もしかしたら、むこうは僕のことを「困った奴だ」と見ているのかもしれない。熊に出会ったときのように、静かに後退するのがよろしいだろう。

その程度の客観視はできる人間である。というのも、いつも僕は少数派だったし、周りの多数派に眉を顰め、できる範囲の微々たる抵抗をしてきたものの、おそらく、周りは僕のことを鬱陶《うっとう》しい奴だと思っているだろう、と容易に想像がついた。

そんなわけで、適当に適度に、ほのぼのと我慢して生きてきたから、最近になって取り上げられる「迷惑」の大半は、「今さら何を」と思ってしまうのだ。

もちろん、許容できないほど酷い行為もあるから、そういったものは、冷静に話し合って、規制する方向で、法律なり条例なりを整えれば良い。一方、目くじらを立てなくても、と思えるようなものは、放っておけば良い。大勢が、「困ったものだ」を感じていることを伝える必要はない。なにしろ、そんなちょっとした悪事をしたい人間というのは、その大勢の目くじらを期待している。むしろ、無視されることを恐れているだろう。注目されないことが怖い。だから、無理をしてまで目立つことをやってしまうのだ。

いずれにしても、清濁併せ呑むことを教えられた世代なので、少々の濁りは気にならない。ただ、だからといって、新世代の潔癖さを責めるのが筋違いだということは、重々承知している。

そんな潔癖社会において、僕が心配するのは、細かい「迷惑」ではない。もっと大きな矛盾が前世紀からずっと残っているのだ。たとえば、広島や長崎で被爆した国民なのに、核兵器廃絶が進まない国際社会を許容できるのか？　憲法には陸海空軍その他の戦力を保持しないとあるのに自衛隊の存在を許容できるのか？　環境のために二酸化炭素の排出を抑えなければならないのに火力発電を許容できるのか？

僕が書いているのは、核兵器や自衛隊や火力発電に反対しろ、という意味ではない。大いなる矛盾を解消しないのは何故なのか、という純粋な疑問である。清濁併せ呑むにしても、この濁りはあまりに大きすぎて、喉につかえてしまうのでは？

政治的に右とか左とかの話ではない。矛盾をそのままにしているうちは、潔癖でもクリーンでもない、と僕は感じる。

スリリングなドライブ

忙しい庭仕事も、ようやく一段落しそうである。というのも、植樹をする季節がそろそろ終わりだから。草もそれほど伸びなくなるので草刈りの頻度も下がる。緑が生い茂り、庭園内全域が木陰になったし、夜に雨が降る日が増えたから、水やりも楽になる。その分、工作に勤《いそ》しんでいる。今年の初めから、模型のエンジンに熱中していて、エンジンで走る機関車や戦車を幾つも作った。オイルで手を真っ黒にして、ぶんぶん大きな音を立てて遊んでいる。

先日、僕のクラシックカーを奥様（あえて敬称）が初めて運転した。山間のワインディングロードを三十キロくらい走った。僕は助手席でときどきギアチェンジの指示をしただけ。なかなかスリリングだった。四年間、調整や部品交換をした結果、僕以外でも運転ができるほど調子が良くなったのだ。ただ、奥様は「ギアを換えないといけないクルマ」に懲《こ》りたのか、その後「運転したい」とはおっしゃらない。

庭園内はすっかり木陰になった。森の中の涼しさと静けさを、都会の人は知らない。ただ、ガーデニングをするには、あらゆる植物が大きく育たない。農地というのは、樹を伐採した人工環境だということを知らされる。

第23回 あなたはどのように信じますか?

「信じる」とはどういう意味か?

わりと気軽に用いられる動詞だが、少し考えてみると、意味は意外に幅広い。たとえば、「妻を信じます」という場合と、「幽霊を信じます」という場合では、同じ意味ではない。前者は、妻の行動や判断を信頼している、との意味だし、後者は、幽霊が存在するものと考えている、との意味だ。妻がいるかいないか疑っているわけでもなく、信頼できる幽霊の友達がいるわけでもない(はずである)。

どちらの意味なのか難しいグレィゾーンもある。「神を信じますか?」と問われたときだ。これは「神を信頼しているか」なのか、あるいは「神がいると思うか」なのか、どちらだろう? もちろん、存在しないものを信頼することはできそうにない。だが、「私は神を信じない」と否定するときは、信頼していないといいたいのか、それとも神なんていないといいたいのか、どちらなのかわからない。なにしろ、信頼しないといいたい人は、少なくとも神がいることは信じているからである。

　神の話をすると、原発や消費税を話題にするくらい、なにやらややこしくなる。では、「自分を信じる」という、よく耳にするフレーズについてなら、いかがだろう。とりあえずこれは、自分の存在が論点ではない。自分を信頼しているかどうか、という意味合いに取るのが常識的だろう。ただ、解像度が幾分荒いようにも感じられる。

　他者を信じるという場合には、裏切るようなことはしない、嘘《うそ》をいっているのではない、くらいの観測になるけれど、自分については、そもそも裏切ることも、嘘をいうこともできないはずだ。できるという人も、ときどきいるけれど、自分を裏切ったり、自分に嘘をつく、というのは、文学的な意味では成立するものの、通常の条件下では不可能ではないだろうか。それは、自分が考えていること、目論んでいることを隠せないからだ。そういう行為が普通にできる人がいるとすれば、多重人格者といえそうだし、しかもその自覚もないことになる。自覚がなかったら、ますます裏切りも嘘も観測できないだろう。

　そんな難しい行為だと思われるのに、「自分を信じろ」と他者から指摘されることがある。「いや、普通、信じているでしょう」と言い返したいところだが、具体的にどういう指摘なのか？　おそらく「自信を持て」程度の意味だろう。だが、この「自信」も、ほとんど同様に不思議な言葉であり、考えてみるとまた意味がわからなくなる。

「自信」というのは、何だ？　自分はできる、と思い込むことだろうか？　自己暗示みたいなものか？　それを思い込むことにどんな価値があるのか？　せいぜい、「くよくよと考えるな」程度の意味でしかない、とも想像もできる。どうでも良い言葉の一つであるけれど、こんないいかげんでチープな言葉で励まし合ったりする人たちが案外多いことに驚かされる。想像だが、自分を信じて宝くじを買っている人がきっといるだろう。いつまでもその自信が維持できる精神力たるや並大抵のものではない。

「信じる」とは「疑わない」という意味か

信じるというのは、どういう状態なのだろうか？　説明できる人はいるだろうか？　期待する、信頼する、正しいと判断する、信仰する、などいろいろ思いつく別の言葉はあるものの、具体的な状況はかなり広範囲に及んでいるようだ。

英語だとｂｅｌｉｅｖｅだが、この言葉でよく耳にするのは、「ｂｅｌｉｅｖｅ ｍｅ」と相手に繰り返す場面で、これは「私を信じなさい」と直訳されるかもしれないが、それよりも、「大丈夫」「本当だよ」「嘘じゃない」「安心して」「私についてこい」と訳した方がそれっぽい。

日本語でも同じで、これらはつまり「疑うな」と訳せば、ほぼ意味の全域をカバーできる。ようするに、「信じる」とは、「疑わない」ことなのである。

そこで我が身を振り返ってみると、僕はなにかを信じたことがあるだろうか、としばし（五秒間ほど）考えてしまった。どうもこれといって思い当たるものがない。信じることに不慣れというか、日常的にそういったことをしないように思える。

もちろん、こんな工作ではこの道具が絶大な効果を発揮する、という知識は持っている。この場合、「僕はこのペンチを信じている」といえなくもない。でも、積極的に他者に話したりはしないだろう。接着剤ではセメダインを多用する方だが、「セメダインを信じている」とまではいかない。エポキシ接着剤が必要な場面もある。ようは、適材適所というだけのことだ。過去の経験から、その材料や工具は期待できる、とのデータを持っているにすぎない。これは「信じる」とは少し違う。統計的、確率的に有利だという意味でしかない。

このように考えてみると、僕はなにも信じていない感じがする。はっきりと断定はできないけれど、これまでなにかを信じた体験がない。ということは、裏を返せば、僕はなにに対しても疑ってかかる性格なのだ。疑うから信じることはできないのである。

物理法則だって、信じているわけではない。ただ、今はそれが基本としてある、というだけのことだ。ニュートン力学は、地球上の常識的な範囲、つまり自分がこの目で見たり、この手で動かしたり、身の回りで観測できるような範囲でなら成立している。それ以外では成立しないことが、最近になって実際に観測されている。

したがって、「神を信じますか?」と問われたら、神どうこう以前に、僕は「そもそも、信じることができません」と答えるしかない。信じるという行為ができない人間らしい。どうして「らしい」としたのかというと、「信じることができない人間だ」ということも信じられず、半ば疑ったままで書いたからだ。

技術者が信じるのは確率

一流の技術者というのは、「これは絶対に大丈夫」とはいわない。そういう話をこれまでに何度も書いてきた。自分が作ったものに自信を持っていても、それが百パーセント、つまり完璧なものだとは考えない。なにか自分が見落としているもの、なにか自分が知らないこと、そんなトラブルが発生する確率はゼロではない、と知っているからだ。

あらゆるものを確率で考え、確率で評価する。「完璧に」「絶対に」という言葉ではなく、数字で示す。これは、「確率」を信じていることになるかもしれないが、一般でいう「信じる」よりは「信じない」に近い姿勢といえるだろう。

確率というのは、多くの前例がある状況で成立するものだが、前例ではなく、理屈による予測でも擬似的に考えることができる。たとえば、安全性などは過去のデータと、理論上の予測から計算される。誰か偉い博士が「絶対に安全です」と太鼓判を押しても、確率にはなんら影響しない。

普通の人は、近所の知合いのちょっとした情報を信じてしまう傾向にある。これが、「世間の評判」というものだった。評判以外には、供給側が提示する「宣伝」しか情報がなかったので、少なくとも宣伝よりは評判の方が信頼できた。

しかし、ネットが普及した現代では、この世間の評判はもっと広範囲で多数の評価になりつつある。今はネット社会が始まったばかりで、まだまだ拙《つたな》いシステムではあるけれど、多くの人たちは、世間の評判が「非常に多数の人たち」による判断や意見だと思い込んでいる。これは、昔の人が神を信じたり、長年にわたって定着した評判を信じたりするのと同様であり、ある種の信仰といえるかもしれない。

現実には、それほど多数ではないとか、信頼性に欠ける評価者が混在しているなどの問題を抱えている。今後さらに新しいシステム、たとえば、評価者を評価するような仕組みの導入によって改善されていくだろうから、いずれはもう少し信じられるものになる可能性は高い。そして、技術者が信じているのと同様に、最終的には確率によって数値化されるはずである。少なくとも未来には、より洗練された評価法が「信じる」対象としてスタンダードになるだろう。

神も医者もサプリも信じないけれど

どういうわけか、七月は来客ラッシュとなった。たぶん、暑い国から涼しい国へ人々が流れる「熱伝導」という自然現象だろう。もっとも、「暑いなら家から出るな」といえないのが、経済とか商売とかで成り立っている都会の宿命といえる。

今がその「避暑」訪問シーズンの真っ只中。毎週二組くらいのゲストが訪れる。僕は駅まで迎えにいったりする程度だが、奥様（あえて敬称）はかなり忙しいはず。ガーデニングに加えての忙しさだから、心配しつつ、なにか手伝えることがないか、と考えるけれど、させてもらえることはほとんどない。余計な口出しをしないこと、くらいしか思いつけない。

庭の掃除関連のワークが毎日、僕は三時間くらい、彼女はその倍以上している。僕はあとは鉄道に乗って遊んだり、クラシックカーを整備したり、工作室でごそごそとなにかを作っている。今のところ、二人とも健康なのがありがたい。神様も医療もサプリも信じていないのに、いたって幸運なことである。

書斎にある書棚。模型やフィギュアが多数。隣のホビィルームとつながっていて、夏の昼間だけ、ドアを開けて風を通すことにしている。ここへ入ってくるのは僕以外には犬一匹だけ。

第24回　注目してほしいけれど目立ちたくない

「迷彩」の効果は相手の目による

長男が二年振りに訪ねてきたので、奥様（彼の母であり、あえて敬称）も一緒に三人で久しぶりに少し話をした。そのとき話題になったのが「迷彩」だった。奥様は、本物と見《み》紛《まご》うような虚像を目の前に投影できる技術が既に実現している、と思い込んでいて、自分はライブでホロスコープを見た、とおっしゃった。だが、僕と長男が「ホロスコープではなくて、ホログラム」「たぶん、単なるプロジェクションだと思うよ」と説明をした。

それから、「光学迷彩」に話が移った。これは漫画『攻殻機動隊』にも登場する未来技術だが、そういうものが現在のコンピュータの演算速度で可能だろうか、と僕は疑問を呈した。

簡単にいえば、カメラで撮影したバックの映像をモニタに映せば、そのモニタは透明に見え、そこに物体が存在しないようにカモフラージュできる、というものだ。ちなみに、この「カモフラージュ」を日本語で「迷彩」という。

視点が固定されている場合、平面モニタでなら誰でも簡単に実現できる。これを平面ではなく曲面にするのも、多少ややっかいなものの技術的に難しくはない。視点が固定されているとは、そのモニタを見る人の位置が不変だという意味だ。

しかし、視点が動くと、映し出される映像も変化しなければならない。近づけば大きくなるはずだし、横へ動けば見える範囲もずれてくる。しかも、複数の視点がある場合には、そのそれぞれに別の映像を見せる必要がある。見る位置に応じて異なる映像を演算し、それを連続して表示しなければばならない。原理的には可能だと思われるけれど実現していない。つまり、実用可能な光学迷彩はまだ存在しないということになる。僕が演算速度的に無理なのではと話したら、長男は現在の技術で可能だといった。まあ、彼の方が現役なので、そのとおりなのだな、と認識を更新しよう。

今回は、この「迷彩」について少し書こうと思う。迷彩服は流行したことがあるし、今でも迷彩柄のファッションをときどき見かける。ご存じの方も多いと思う。アーミィ、つまり兵士が着る服がルーツである。戦車とか戦闘機も、迷彩塗装を施したものが多い。その目的は、周囲に溶け込んで、目立たなくすることにある。

最近では、「ステルス」というレーダに映りにくい技術が開発されているが、「迷彩」というのは、あくまでも人の目を欺《あざむ》くためのもので、人の目以外で捉えられた場合には意味がない。映画『プレデター』に登場した宇宙人の目もそうだったが、赤外線カメラなどもそれに当たる。地球上の動物でも、人間とは違う目を持っているものが沢山いる。自分の目が「普通」で、見えるものが「自然」だと安易に思い込まない方が良い。

「迷彩」というカラーリング

最近、十分の一スケールの戦車を作っている。砲身も入れると全長一メートルほどになるし、重さは二十キロくらいあって、運ぶのが大変だ。ようやく走ったり、砲塔を動かしたりできるようになったが、まだ色を塗っていない。どんな迷彩にするのか、いろいろ資料を調べている段階だが、実物そっくりに作るつもりは全然ないので、真っ赤やピンクでもありかもしれない。

飛行機でも、戦争に使われる場合は迷彩のものがある。地上に置かれているときに見つからないようにするためで、緑系や茶系でランダムに塗り分けられる。逆に、機体の下側は空色で、飛行中に地上から識別しにくくなっている。このような敵の目を欺くカラーリングは、相手が人間の目なら有効だが、違う目で見られると通用しない。

人工物はだいたい一様な色だけれど、自然はごちゃごちゃと多種多様なものが入り乱れている。このような自然の中に人工物を隠す工夫が迷彩だ。しかし、たとえば市街戦になれば灰色系、砂漠なら黄色系の迷彩になるように、周囲に合わせてカメレオンのように色を変える必要がある。その究極が光学迷彩なるものであり、周囲に溶け込み埋没するような色や柄を作り出し、しかも瞬時に変化する機能が要求される。

さて、人間の振舞いにも、この「迷彩」に相当するものが見受けられる。人は、だいたい自分を目立たないようにする傾向を持っている。群れをなしている動物は、目立つと捕食されてしまうから、そのような防衛本能が染みついているのだろう。

周囲に合わせ、みんなと同じように行動するには、周囲を常に気にして、自分がどのように見えるのか、といった観察や想像をいつもしている。そして、全体の雰囲気に自分を溶け込ませる。

一般に、「あの人は穏やかで良い人だ」と他者からいわれるような迷彩を纏《まと》う。周囲の空気が変われば、それを察知して瞬時に自分を変える機能も備わっている（「風見鶏《かざみどり》」などと揶揄《やゆ》されるが）。まさに、社会学迷彩といえるのでは？

最近ことあるごとに飛び出すタームといえば、「協調性」である。現代社会を生き抜くために不可欠な能力だと謳《うた》われている。これが、今話した「迷彩」とほぼ同義だろう。一方、現代人を象徴するタームとして「承認欲求」があり、これは目立って注目されたい心理だ。一見矛盾したベクトルのように思えるが、実は目立とうとしているのではなく、むしろ目立ちたくない方向性だと解釈した方が近いだろう。「注目される」ほどではなく、かといって「無視される」のは絶対に避けたい。周囲に「溶け込む」状態を期待し、周囲から認められることで、多くの人は深い埋没感に浸り安心する。まさに、「迷彩」を纏っているのと同じ。

しかし、ここで注意すべき点は、やはり「誰の目から？」という問題である。特に「周囲」よりも少し広い範囲から、あなたの目とは違う目で見られている。自分の目だけで判断してしまうと、間違った「迷彩」になりかねない。むしろ目立ってしまう危険だってある。多くの「迷惑行為」は、こんな誤認から生まれているように窺《うかが》える。

目立つ「迷彩」もある

迷彩は目立たなくするため、と決めつけるのも、また誤解である。実際そうではない迷彩もある。たとえば「幾何学迷彩」、日本語訳は、「幻惑迷彩」である。

目立たなくするのではなく、見間違いを誘うようなカラーリング、あるいは塗り分けで、むしろ大いに目立つ。これも、人の目を想定したもので、かなり古く（第一次大戦くらい）からある。興味のある人は検索しよう。艦船に施された例が見つかるはず。また、戦闘機などにも幾何学迷彩があって、こちらは「フェリス迷彩」が有名。

人の錯覚を利用した類似のものとして、最近になって登場した３Ｄ標識などが挙げられる。平面に書かれた絵が浮き上がって見え、ドライバをギョッとさせる効果を狙ったものだ。これもカモフラージュといえるけれど、「迷彩」には含まれないだろうか？

ファッションにも、迷彩は取り入れられた。僕が若い頃に、カーキという色が流行し、同時に迷彩柄のものが出始めた。「カーキ」は「泥」のこと。カーキ色というと、黄土色だと認識されているようだが、灰色やくすんだグリーンも含まれるように思う。プラモデルのカラーで、モスグリーン、ダークグリーン、マット、アース、オリーブドラブなど多数の塗料が販売されている。これらを二、三色使って塗り分けると「迷彩」が出来上がる。

ファッションで流行となったのは、これらのカーキや迷彩柄が当時は「目立った」からだ。本来の性能の正反対の効果を狙った点が面白い。

動物のカラーリングに注目してみよう。トラやシマウマの柄は、目立たないものだろうか？　ヒョウなどは、戦車の迷彩に近い。シロクマが白一色なのも、迷彩といえるかもしれない。派手なカラーリングは鳥に多いが、隠れるつもりはなく、むしろ相手を怖がらせるためのカモフラージュだろうか。

ゆったりとした晩夏

八月になった。怒濤《どとう》のゲスト・ラッシュも一段落。しばらくゲストの予定はなく、のんびりと過ごせる。奥様（あえて敬称）は、僕の三倍くらい七月が忙しかったはず。残念ながら手伝えるようなことがなく、それこそ日本で流行《はや》っている「見守る」ことしかできなかった。なんとか乗り越えることができたようなのでほっとしている。

工作は、戦車や自動車の模型を幾つか作った。工作対象として、鉄道や飛行機に拘《こだわ》っているわけではない。共通しているのは大きいこと。戦車は十分の一、自動車は四分の一スケールだから場所を取る。大きめのおもちゃが好きなのは、どうしてだろう？

そういえば、僕が担当している犬も、森家史上最大のサイズに成長してしまった。なにもかも大きい方が良いのかというと、家や土地はそのとおりだが、自分が運転する実物の自動車だけは、いつもできるだけ小さいものを選ぶ。日本の軽自動車でも、まだ大きすぎると感じるくらい。最近のクルマって、何故こんなに大きくなってしまったのか、と嘆いてもいる。

木陰で待機中の列車。先頭が十二号機、その後ろが二号機。機関車を重連にして運行している。いずれも、ボール紙製のボディだが、二号機などは、既に二十五年ほど走り続けている。

第25回　ジェネラリストは存在しない？

専門職と総合職という区分

スペシャリストだけが生き残る社会になる、という話を三十年ほど何度かしてきた。今回は、ジェネラリストなんて存在しないのではないか、について。

日本の場合、大勢の人が大学に入学し、特に文系の人はなにかの専門になるわけでもなく、そのまま企業に就職する。会社には、総合職という意味不明の職種があって、多くはいろいろな部署を経験し（同時に転勤もしつつ）、退職するまでその企業に尽くす。「骨を埋《うず》める」などといったりもする。退職は墓場なのか。

いわゆる「サラリーマン」が、安定の職業として長く認識され、「終身雇用」という日本独自の仕組みが戦後何十年も続いた。このシステムは崩れつつある。もちろん、それを堅持したい会社もあるだろうけれど、社員より会社の寿命の方が短くなってしまう確率が高い。

「お仕事は何ですか？」と問われて、これまでは、勤めている企業の名前を答えたものだ。僕も若い頃は、この問いに「公務員です」と返答していた。しかし、いろいろな国の人たちと話をして、これが世界的に見て異様な状況だと気づかされた。何故なら、「勤め先」は「仕事」ではないからだ。仕事というのは、自分が担当する作業のことであり、自分が持っている技術、経験、知識で賃金を得る行為なのである。

終身雇用が一般的だった頃には、仕事は会社に入ってから覚えるものであり、社内で経験を積んで能力を身につけた。普通はこの逆で、会社は、業務に必要な能力を持つ人を雇い入れるのが自然であり、就職時にはその個人がスペシャリストであることが好条件となる。これが世界的な常識である。もし、その職場で仕事をして、自分の能力がそこでは活《い》かせない、割りが合わないと判断したら、別の職場へ移ることになる。

日本の会社は、スペシャリストを求めず、能力的に白紙の若手を一斉に採用し、そこからスペシャリストを育てる。同時に、リーダになれる人（このような人材を「ジェネラリスト」と呼ぶようだが）も育てる、といった非効率なことが行われていた。だが。僕は日本以外でこの「ジェネラリスト」の呼称を聞いたことがない。リーダだってスペシャリストだ、というのが世界共通の認識だからだろう。

ジェネラリストを育成しようとしてきた日本では、スペシャリストを馬鹿にする傾向があった。「専門馬鹿」などといわれるような場面も多かった。このような気風が日本で生まれたのは、終身雇用という独自のシステムによる。さて、それが崩壊した今、そしてこれからは、どうなるのか？　少し想像すれば、未来が見えてくるはず。

ジェネラリストはいらなくなるのか？

これも、何度か書いてきたことだが、日本の雑誌はジェネラルすぎる。「もっとスペシャルなものにしていかないと、いずれ売れなくなりますよ」と出版社の人たちに話した。そして、結局そのとおりになった。日本の雑誌は全滅しそうだ。生き残る雑誌といえば、小さな出版社が発行しているスペシャルな趣味誌だけである。ただ、たとえば、鉄道模型の雑誌であっても、日本の趣味誌は、まだジェネラルすぎる。もっとジャンルを絞る必要があるだろう。

ネットが発達したことで、どんな情報や商品も世界中から検索し、アクセスすることができるようになった。つまり、個々の雑誌やお店などがジェネラルを目指し、品揃《しなぞろ》えをいくら増やしても、とうてい対抗できない状況になっている。これはつまり、ジェネラルである意味が消失した状況だ。デパートもホームセンタもショッピングセンタも、品揃えでは生き残れないし、ノウハウを語るサービスでも生き残れない。いずれも、ネットの方が充実しているし便利だからだ。

当然ながら、個人の技能においても、専門性が高い価値を持つ。幅広い知識や経験は必要ない。また、優れた才能を、どこからでもピンポイントで求めることができる。文章化できない技術、あるいは、まだ文章化されていない情報だけが、価値を維持する。

ＡＩによって共有されるのは、需要がある程度大きくなった対象であり、需要が小さいものほど、つまりマイナなものほど、生き残る期間が長くなるだろう。

ジェネラルは、日本人が長く囚《とら》われていた幻想だといっても良い。ジェネラルな存在が廃《すた》れるのではなく、もともとそんなものはなかった、と見るべきだろう。今後は、ジェネラルを目指すような学科（いわゆる文系の大半）は、アイデンティティの再確認／再構築を迫られる（本来のスペシャルな指向を取り戻すしかない）。大学の該当学科はサバイバルになる。もうなっている、というのが正しいが、少子化の影響だと勘違いしている向きもある。

スペシャルなキャラクタ

個人の性格や世界観にも、しばらくジェネラルなものが価値を有していた。偏りのない広い知識を持ち、バランスが良いこと、なにに対しても適度に理解があること、が有利に働いた。しかし、逆に見れば、これは「個性がない人」である。個性、キャラクタとは、いうなれば、平均からの偏りのことだ。かけがえのない人と認識され、集団の中で際立っている、つまりキャラが立っているほど、他者から注目される。

ジェネラルな個性は、多数から認められやすいけれど、個人的に愛されにくい。スペシャルな個性が、個人的な愛情の対象にもなりやすい。たとえば、特定の個人に入れ込む「推し」は、スペシャルな対象を見つけようとする。ただ、需要を確保するためには、できるだけジェネラルにしたい。だから、近年のアイドルは大勢でグループを組み、しかもその人数がしだいに増加している。

リーダは、ジェネラルでなければならないのだろうか？　政治家や企業のトップはジェネラリストなのか？　否、そうではない。政治家も組織のトップも、明らかにスペシャリストだ。だからこそ、あんなに大勢で会議をする。一人だったら独裁になるからだ。独裁を否定したのが民主主義であり、王政からの脱却は、ジェネラルな人格など存在しないと認めることだった。

人間というのは、そういうもの、つまり、誰もが「個」であり、スペシャリストなのである。今、どこかでオリンピックが開催されているようだが、あらゆる競技に勝てる人間が存在しないことが、その証左といえる。総合的に最も優れた人間は誰か、というコンテストが成り立たないのも、ジェネラリストが存在しないことを物語っている。人類が地球上で繁栄できたのは、個人のスペシャルな能力によって分業する仕組みができたからだ。

みんなが同じように平均的でバランスの良い能力を持っていたら、人類社会はこれほど進歩しなかっただろう。

「変わった人」というのは、いつの時代も目立っていた。伝説となって語られ、昔から変人、奇人がいたことがわかる。そんななかには、社会にとって有益な発想をする人がいた。誰も見向きをしなかったものに注目し、あるいは拘《こだわ》って、とことん考え抜いた人もいたはずだ。そんなキャラが立った人格は、どの世でも目立っただろう。

人は、他者のキャラを気に入ったり、嫌ったりする。嫌えば離れるだけだが、気に入って接近し、親しくなる他者が必ずいたはず。それぞれが違っているからこそ、自分にないものを発見し、あるときは惹《ひ》かれることにもなる。誰もが同じだったら、他者への興味は薄れ、べつに自分一人でも良いかな、と思ってしまうだろう。

現代人は、あまりにも「みんなと同じでありたい」と思いすぎていないだろうか？　誰もが平均的な人になろうとしていないだろうか？　自分と同じだから友達になれると思い込んでいないだろうか？　そこが、少しだけ気になるところだ。

スポーツ観戦から離脱した人生

作家の仕事をもう何ヵ月もしていない。この連載だけが唯一の例外。しかし、だいぶ以前から仕事量を減らしているから、生活に大きな変化はない。

　庭仕事は一段落したので、工作や工事を進めている。ときどき、ＹｏｕＴｕｂｅで途中経過や成果などをアップしているし、毎日ブログもほんの少し書いてる。

　オリンピックをやっているらしい。民衆にわかりやすい娯楽を与えて、反抗の芽を摘《つ》もうとしたローマ時代のコロシアムを連想させる。このときに限って自国の選手を応援する人たちは、いったいどんな立場なのか、僕には理解ができない。まあ、そういう特殊な趣味なのだな、と解釈するしかない。また、選手たちはきっと「皆さんの応援のおかげです」という決まり文句を語るのだろう。プロというのは商売だからしかたがないけれど、あれが嫌で僕はスポーツを観なくなった。古い人間だから、綺麗事が好きになれない。

　今日は、午前中に奥様（あえて敬称）と犬一匹と一緒にクラシックカーで高原をドライブした。以前に訪れたハーブ農園の近くを通ったとき、僕が「行ったことがあるね、えっと、ラズベリィだったっけ」と話したら、奥様が「惜しい」とおっしゃった。五秒後にいい直した、「あ、ラベンダか」と。

第25回
ジェネラリストは
存在しない？

早朝の庭園を犬と一緒に散策。のちほど鉄道を運行するので、線路上に枯枝が落ちていないかを見回る目的もある。枯枝を見つけたら、拾って遠くへ投げるのだが、犬はそれを待ち構えていて、吠えて喜び、走り回る。

第26回　どうなれば成功なのか？

成功は競争から生まれる？

「上手《うま》くいった」と思える瞬間が、日々の生活でも、また人生においても、ときどき訪れる。嬉しくて、「やった！」と叫びたくなる。このような体験が、その人の生きる喜びを形成するようにも観察できる。

では、この「やった！」とは、いったいどういう状態なのだろうか？　もっと簡単にいうと、「成功とは何か？」という疑問である。

たとえば、ある人は勝負に勝ったときに、自分は成功した、と感じるだろう。またある人は夢が実現したとき、なんらかの利益を得たときに、「成功」を手にしたと考える。

誰にでも成功はあるし、この成功の大きさや回数によって、成功者とそうでない人に分かれていくようにも見える。多くの場合、成功すると社会的地位が上がり、金持ちになるから、人から羨《うらや》ましがられ、自分の好きなことができる、とイメージされる。しかし、同じ社会に生まれてきたのに、一部の成功者だけが幸せになるなんて、社会の仕組みが間違っている証拠だ、と考えてしまう人も多いだろう。

ただ、少し想像してみたらわかることだが、社会の仕組みを変えても、成功者が入れ替わるだけで、やはり一部の人だけが成功する状況は変わらないだろう。たとえば、スポーツのルールを変更すれば、勝てる人が入れ替わるが、やはり、勝てない大勢の人たちがいるはずだ。この理由は単純で、成功者が一部なのは、一部だけに訪れる境遇が「成功」と呼ばれているためだ。九十九パーセントの人たちが勝ち、一パーセントの人が負けるようなギャンブルは存在しない。そんなルールにしたら、勝者が得る利益が百分の一になってしまい、満足が得られない。それでは「成功」といえなくなる。

では、このような「競争」という操作でしか、人は「成功」を獲得できないのだろうか?　もしそうならば、成功は多数の失敗から搾取《さくしゅ》する行為といえる。客観的に見て、倫理的とはいえないし、心が痛む人も多いことと思う。

一般に、勝ち負けを競う行為は、それが仕事だということで処理される。仕事とは商売であり、生産して対価を得る活動だが、そこでは多かれ少なかれ、他者との競争に巻き込まれる。仕事でなくても、社会の中で良い立場を築くためには、競争に勝たなければならない。だから、勝つことが成功だ、という価値観がそこから生まれる。これは、スポーツなどでも顕著だ。

個人的な利益を成功と捉える

さて、人を蹴落《けお》として手に入れるものだけが「成功」だろうか？　それではあまりにも殺伐として、少々残念な気分になってしまう。そうではなく、自分が喜べるときが「成功」だと考えることもできるはず。勝つことでしか嬉しくなれない人が多いかもしれないけれど、日々の生活の中だって、ちょっとした「喜び」に出合えるし、それも立派な成功ではないか、と指摘したい。

たとえば、飼っているペットが可愛《かわい》い、というだけで笑顔になれる時間がある。これは、ペットを飼った人の成功だろう。自分でなにかを作って、ちょっとした工夫が上手くいったときも、確かな成功感が味わえる。このような小さな成功は、何故か「小さい」と認識されがちだ。おそらく、社会的なものではなく、個人的なものだからだろう。周囲の多数から認められるものでもなく、「単なる自己満足だ」といわれてしまうこともありそうだ。

僕は、むしろそんな小さな自己満足こそが「成功」だと考えている。他者に認めてもらわないと成立しない「成功」よりも、ずっと純粋で確かなものだとも感じる。どうしてなのか、理由はわからないが、子供のときからそうだった。褒《ほ》めてもらわなくても、自分一人で嬉しくなれる子供だった。それが、そのまま大人になっただけで、特に無理をしているわけでもない。

他者に依存した成功は、たとえば、「認めてもらえない」「審判が悪い」「ルールが不公平だ」「組織が悪い」「景気が悪い」「政治が悪い」というような不満を生みやすい。自分一人では生み出せない「成功」だからそうなる。また、たとえ成功しても、なんらかの見返りを周囲から要求されたりする。そういう「成功」に、僕はあまり近づきたくない。だから、他者から褒められたりすると、少し引いてしまう方だ。

注目されたくない、有名になりたくない、人の上に立ちたくない。競争で勝ちたいとか、コンクールで良い成績を収めたいとか、全然思わない。僕はそんな人間だ。

僕の親父は、「一番になんかならない方が良い」と教えてくれた。だから、僕の子供たちにも同じように接した。子供は二人いるけれど、彼らの成績を見たことがない。「べつに勝たなくても良い」という方針である。

そのかわりに何が大切なのか、というと、それは「無事」である。子供たちが無事であれば、それで子育ては成功だ。親として、子供の安全を考えることが一番の責務だと思っていた。その子供たちはもう四十歳くらいになった。生きていてくれれば、それで充分だし、親として「子育てに成功した」と自己評価できる。

成功とは「またできる」こと

それでも若い頃には、「無事」が成功だとまでは考えていなかった。成功というのは、もっとチャレンジの結果ゲットできるものであり、過去にない成果を得ることだというイメージがあったからだ。しかし、歳を重ねることで、そうではないな、と確信しつつある。

たとえば、工作の第一目的は何か、というと、それは「怪我をしないこと」だ。工作が終わったときに無事であれば、その工作は「成功」なのである。どこかへドライブに出かけていったときも、無傷で帰ってこられ、クルマも故障していなければ、そのドライブは成功だ。毎日の生活でも、夜の決まった時刻にベッドに就《つ》ければ、その一日は成功なのだ。

では、その「無事」にはどんな意味があるのか、どんな価値があるのか？

現状維持では意味がない、と考える人もいらっしゃるだろう。若い頃の僕はそう感じていて、なにかを変えなければ意味がない、成長しなければ価値がない、という観念に取り憑《つ》かれていた。だが、それは自分を競争へ駆り立てるような焦《あせ》りにほかならない。考えてみたら、制限時間が決まっているわけでもなく、またゴールがどこかにあるわけでもない。人生というのは、永遠ではないけれど、いつが終わりなのかわからない。そして、最後には、無に帰すものである。

それでも、「無事」でありさえすれば、またチャレンジができる。つまり、この「またできる」という感覚こそが「成功」の証《あかし》なのではないか、と思うようになった。いろいろ失敗があったり、反省が多々あったりしても、「またできる」状態ならば、それは「成功のうち」であり、「成功の一部」だと考えることができる。

そんなことはない、一度きりのチャンスというものが訪れる場面があって、それを逃したらもう成功は望めない、といった反論がありそうだが、そういった一度きりのチャンスというのは、まちがいなく他者が設定したものだろう。僕が考える成功は、自分一人の評価に基づいているので、一度きりのチャンスなんてものは存在しない。いつだってチャンスはあるし、もっと大きなチャンスだって、いずれ訪れる。だからこそ、焦らず、ゆっくりと、自分の無事に注意を払いつつ進めば良い。

「無事」を重ねることが、人生の成功である。少し気をつけていれば、誰でもできる。ときどき予期せぬ不運が襲ってきても、また少しずつ無事を重ねて挽回していけば良い。勝たなくても良い。負けても良い。またの機会を待てることこそが、成功の価値なのである。

現在の職業は修理屋

最近の工作の八十パーセントは修理である。古くて半分壊れているおもちゃを長年買い集めてきたので、これらを倉庫から引っ張り出しては、分解し、なんとか機能が復活するまで修復している。新たに部品を作らないといけない場合も多いけれど、なんともならないというものはない。なんとかはなる。生き物と違って、人工物は必ず修理して復活できる。大部分が壊れているときは、その大部分を作り直せば良いだけのこと。

人間の場合はこうはいかない。自然に治るものもあるが、そうはいかないときは、人工物を体内に入れたり、あるいは移植しかない。たとえそれをしても、寿命が少し延びるだけで、いつか死ぬことに変わりはない。躰《からだ》のすべてを機械にしてしまう以外に、永遠に生きることはできないし、それが可能になったとしても、「生きている」の定義が問題になるだろう。

壊れた機械を直す行為が面白いのは、どうしてなのかな、といつも考える。壊してしまうよりは、直す方がずっと面白い。これは、生き物の本能だろうか？　もしかして、「生きる」とは「直す」という行為の集積だろうか？

芝生の近くに栗の樹が一本あって、八月中旬から毬栗《いがぐり》を落とし始めている。犬たちが踏まないように、気づいたら拾って、デッキの手すりに並べる。だいたい、これが一日分。もう少ししたら、この十倍は落ちるようになる。

第27回

適度な自己中のすすめ

なさけは人のためならず？

僕が子供のときには、この言葉をよく聞かされた。今の人には、「なさけ」が通じないかもしれない。漢字で「情け」と書くが、これは、思いやり、心配、同情、慈愛、情愛、憐《あわ》れみ、風情など、人間の感情を幅広く示す言葉である。たとえば、「なさけをかける」といえば、他者への思いやりを言葉や行動で示すこと。また、「なさけない」とは、無情、無愛想、無骨、あさましい、といった意味になる。

他者に対して親切に接し、援助をしなさい、というとき、「なさけは人のためならず」といわれる。これを、逆の意味に取って、「甘やかしたら、その人のためにならない」と間違った解釈をしている人が多い。そうではなく、「親切にすれば、回り回って自分が得をする」というのが真意であり、ようするに、人に親切にすることが自分のためになる、という、いかにも「道徳的」な教えといえる。

よく「自分勝手」「自己中」というのは、自分の利益だけを考え、周囲に迷惑をかける人間を非難する言葉として用いられるけれど、周囲と同調、協調して信頼を得ることも、間接的にであれ自分自身の利益となるわけだから、自分勝手や自己中と同じく、「周囲との協調」も自己利益のためであることには変わりない。

自己利益の追求は、人間はもちろん、すべての生物の本能的な欲求だろう。生きているものは例外なく、「自分ファースト」なのだ。ただ、自己利益追求の戦略が、思考力によって異なる。短絡的で刹那《せつな》的だと、自分勝手で他者の迷惑を考えない手法となる。一方、理性的で計画的になると、周囲との協調を重んじる道徳的な手法を選択し、結果的により大きな自己利益を得る。考えなしで目前の利益を取ると犯罪者になり、少し考え状況を鑑《かんが》みれば聖人、君子となる。当然ながら、得られる利益にも格差が生じる。他者へのなさけは自分のためだ、という教訓の趣旨《しゅし》はここにある。

ただ、その道理がわかっていても、道徳的な行為で利益を得る手法に対して、良い子振っているのが鼻持ちならない、白々しい演技であって、そんなものは偽善だ、といった批判的な感情を持つ場合もあるだろう。優等生は嫌いだ、自分に正直でいたい、と考える。これも、一理ある。たしかにそのとおりだ、と僕も思う。

さて、皆さんはどう考えるのだろうか？　多くの場合、周囲に迷惑をかける厄介者《やっかいもの》には、「そんな生き方は損だよ」と説得するけれど、彼らには、自己利益のために善人振ることが汚く見えている。損だとわかっていても自由に生きたいという考えに、あなたはどう反論できるだろうか？

自己中か協調か、それが問題だ

同じようなことが、「格好つける」という行為でもいえる。「格好つけることが嫌いだ」とおっしゃる人が多いが、それ自体が格好つけていることにほかならない。良い子振ることを毛嫌いする人も、良い子振って誰かに取り入ろうとする人も、どちらも自分を大事にしている点では同じであり、自分という人間の格好をつけているのである。

では、好き勝手に振る舞って人から嫌われる者と、周囲に合わせ集団の中で有利な地位を獲得しようとする偽善者の、どちらが良いのか？　この問題を悩ましく感じるのは、特に若者かもしれない。

これは、その両者が極端すぎる場合に顕在化する問題であって、普通の人間は、この両者の中間に身を置いて、日々悩みつつ、時と場合によって揺れ動く。あまり自分勝手ではいけないし、かといって、あからさまに上を忖度《そんたく》した態度でも嫌われるだろう、などと考える。これが普通だろう。大勢が、そうやって生きているはず。

どの位置にいても基本的に共通しているのは、自分が可愛《かわい》い、自分が大事だ、というやはり本能的な欲求に基づいている点だ。これをときどき思い出した方が良い。自分勝手ではいけない、人のために尽くしなさい、といった道徳は、本来人間が持っている基本的な欲求を少し抑えた方が、自身の自由を獲得する最善の道ですよ、という教えなのである。これは、ある意味で偽善といえるけれど、世の中というのは、だいたい「少し偽善が正義」らしい。

ただし、人類の社会は近年になって大きく変わった。最大の変化は、科学や産業の発展によって生産性が高まり、豊かになったこと。かつては、全員に行き渡るには不足していた富が、全体に届くようになった（あるいは、なりつつある）。権力に従わないと生きていけない状況から、個人が自由に生きられるルールも作られた。したがって、かつてよりは、従順な振りをしなくて良い、周囲に協調しなくても良い、偽善から離れて少しだけ自分勝手に近い生き方が可能になったのである。

ネットの普及で、マナー違反や迷惑行為を「晒《さら》し」て「炎上」させる「良い子振り」が盛んになっているけれど、これは、社会の平均値が自分勝手寄りになったことに対する反動と見ることができる。マスコミが盛んに「絆《きずな》」を美化して報道するのも、このままだとさらに「自己中」が増えてしまうのではないか、との危機感によるものかもしれない。

自己中はそんなに悪くない

この頃では、自分勝手、自己中はとにかく「悪」だと誘導されがちである。特に、友達や仲間を重要視する協調の押しつけが、今の子供や若者たちを萎縮させる圧力となっているように観察される。彼らは、いつも笑顔で元気でいなければならない。それができない人に出会うと、まず「友達になりたくない」という言葉が出てくる。人の価値を、友達になれるかどうかで測っている様子が窺《うかが》える。「あの人は個性的で素晴らしい才能を持っているかもしれないけれど、でも、友達にはなりたくないよね」とおっしゃる。この後半の物言いが多出する。前半はその人の評価であり、後半は自分の嗜好《しこう》、というよりも無意識の社会忖度と見える。

ホームズもモーツァルトもダ・ヴィンチも、才能はあるけれど、きっと友達にはなりたくない人格だっただろう。いちいち「友達になりたいかどうか」といった、問われてもいない評価が漏れ出る物言いが示唆《しさ》するのは、普通の人たち、つまり、自己中と偽善の間で揺れている常識人が、自身の立ち位置を保持したい欲求の存在である。自由奔放《ほんぽう》と仲間意識の間で、そのポジションを模索しているのだ。しかし、その目的は、近づきたくない両極と同じく、やはり自己利益だということを忘れてはならない。

結局のところ、方針や手法が異なっていても、求めるものは自己利益なのである。自分勝手な人はこれを言葉で宣言し、また道徳的な正義感の持ち主はそれを言葉で包み隠す、という違いがあるだけだ。またその中間で生き方を模索する常識人たちも、その両極に反発するため、言葉だけで防衛しようとしている。どちらなのか、と迷う状況自体が、言葉の錯覚に囚《とら》われている。

日本の別れの挨拶に、「お大事に」というものがある。手紙では、「ご自愛下さい」と書いたりする。「お大事に」の目的語は「あなた」である。「ご自愛」とは、言葉のとおり、自分を大事にしなさい、という意味。さらに、「自重《じちょう》」という微妙な表現もある。自分を大事にするという意味もあれば、欲求を抑えて周囲に合わせろ、という意味でも使われる。自分を大事にするのは、自分勝手なのか、それとも周囲との協調なのか。ここでも、まったく同じ判断がつき纏《まと》う。

さて、個人の権利は憲法でも定められている。意思や発言は自由である。なにかの疑惑が持ち上がったときに黙秘する権利も認められていて、「説明責任がある」と非難されても、自分に不利なことを話さないのは間違っていない。ところが、周囲はそれを「悪」と捉えてさらに攻撃する。この現象も、上記の揺れと同じだ。

他者に迷惑をかけない範囲でならば、なにをしても良い。どう考えても良い。自分が好きなように生きれば良い。これが人権の基本中の基本である。

友達を作るなんて面倒なことはしたくない、と思う人もいる。そういう個人主義は、かつては「変人」扱いされたが、今は堂々と生きられる。変人扱いする方が「悪」になった。自分中心で、自分勝手に、我がまま放題に生きれば良い。とはいえ、それを実現するためには、ちょっとした工夫や苦労が必要になる。ときには頭を下げ、無理にでも微笑《ほほえ》んで、挨拶しなければならない場合もあるだろう。馬鹿馬鹿しいと感じても、演技をするつもりで、同調したように見せかければ良いだけだ。そういう生き方が可能な社会になった。気持ちや考え方まで、みんなに合わせる必要はない。

「道徳」というものが、もし今も存在するのなら、それは、あくまでも行動の軌範《きはん》であって、思想の軌範ではない。

もう秋

草刈りはそろそろしなくても良いかな、という季節。落葉や毬栗《いがぐり》や団栗《どんぐり》が地面にちらほら目立ち始めていて、ときどき掃いたり吹き飛ばしたりしている。朝も夕方も暗くなって、気温も下がってきた。

日本のニュースを見ていたら、台風のため停電になり家族で車中泊になった、と伝えていた。どうして車中泊なのかな、家の近くに崩れそうな崖でもあるのか、と想像したけれ

サンルームの中では、ほぼ一年中ゼラニウムの赤い花が咲いている。夜に降った雨でガラスが濡れているけれど、日が昇ると毎日晴天。一年を通して、昼間に雨が降ることは滅多にない。

ど、冷房が使えないからという理由だとわかった。まだそんなに暑いのか。もう十数年間、一度も冷房というものを体験していないので、すっかり存在を忘れてしまった。

住宅が密集し、クルマも道路で渋滞し、それらがみんな、ずっと冷房されているわけだから、その分、外気は温められる。冷房は、室内外でトータルすれば気温を上げる装置だということを、たぶん大勢の人が知らないのだろう。エネルギィを大量に消費して、夏をさらに暑くしているのだ。

第28回「同じ」は同じではない

「同じ」とはいったい何か

日本人は「ひとつになる」ことが大好きだ。お祭りもそうだし、オリンピックなどでも、日本の選手を応援して、「みんなが同じ気持ち」であるような錯覚を楽しんでいる。祭りといえば、「鎮魂祭」「慰霊祭」といったイベントもあって、「同じ気持ち」は必ずしも歓喜だけに留まらない。

周囲の人と「同じ」であることを無意識に求めている。「同調欲」とでもいうのだろうか。日本人は特にこれが強いのではないか、としばしば感じる。そう感じるのは、僕にはそれが欠けているからだ。

たとえば、同郷であることになんら価値を感じないし、同級の人だからといって友達だとも思わない。どうして、オリンピックや甲子園《こうしえん》で同じ国、同じ県の選手を応援するのか理解できない。何故、海外で活躍する日本人を、みんなが応援するのかもわからない。

ネットの呟《つぶや》きを眺めていると、自分と同じ趣味の人に出会いたがっている人たちが大勢いることに気づく。つき合いたいのは、同じ楽しみを分かち合える人だという。相性が一致していることが重要らしい。それはどうしてなのか？　これも僕には不思議でならない。そんな一致を求めたことが、僕にはないからだ。

僕の場合は、むしろこの逆で、自分にないものを持っている人に興味がある。自分と違うタイプの人と出会いたい。自分と同じ意見の人と議論をしても意味がないし、自分と同じものが好きな人と、いったい何の話をするというのか、と疑問を抱く。

さて、そもそも、この「同じ」とはどういう意味なのか、少し考えたくなった。何が同じなのか、何をもって同じと判別するのだろうか？

僕が持っている感覚でいうと、基本的に「同じ」人はいない、「同じ」ものが好きな人はいない、すなわち、誰もが「違う」、みんなが必ず違っている。僕はそう認識しているから、「同じ」であることの価値がわからないというよりも、「同じ」であることなんてありえない、と思っているのだ。

では、多くの人たちは、どうして「同じ」だと思えるのか。実は、ここに決定的な違いがある。おそらく、大勢の人たちはこんなことを意識さえしないのだろう。

たとえば、人数を数えるときに、一人、二人と数字で表す。スポーツでは両チームとも人数は「同じ」というルールがある。しかし、同じ一人でも、有名選手と素人では、大きな違いがあるはずだ。どうして、「同じ」ように一人と数えるのか?

ここに、「同じ」のマジックがある。本当は、非常に難しい話になるのだが、もの凄く簡単にいってしまうと、ようするに、最初に「定義」が存在し、その定義でまず範囲を決め、その範囲に含まれているものは、「同じ」と見なしている。だから、数えられる。世の中の「同じ」とは、「だいたい同じくらい」という意味なのである。

「同じ」という認識はデジタル

ある範囲のものを「同じ」と見なすことを、「デジタル」という。実際には相違があるものを、「この範囲はすべて同じ」と決める。これがデジタルであり、この割切りによって、本当は違っているものを数えることができるようになるし、また、「同じ」ものだと思い込めるのである。

「同じ人間じゃないか」と平和を訴えるのも、そんなデジタル精神からきている。だが、紛争の地で戦っている人たちは「同じ人間」だとは思っていないのだ。

数字がそうであるのと同様に、「言葉」というものが、そもそもデジタルだ。「赤い」といえば、いろいろな赤っぽい色をすべて「同じ色」にする。たとえば、気持ちを言葉にするときも、このデジタル化が行われる。そして、言葉だけを比較して、「私たちは同じ気持ちだ」と判定するのである。

実は同じであるはずがない。「自然は美しい」「人を愛する」「弱者に寄り添う」と言葉になったものは、同じ意味に集約されているように見えるが、本当はあまりにも望洋としている。「日本人だ」と指差されても、「えっと、僕って日本人なの？」というのが本当の気持ちだし、実際、子供たちはみんな最初そう考えているだろう。それが、大人になるほど、その「言葉」による分類に支配される。これを「分別がつく」というのである。

大人になりかけの子供たちは、何をきかれても、「楽しかった」「可愛《かわい》かった」「美味《おい》しかった」と答える。自分たちの気持ちを隠蔽《いんぺい》し、大人に通じるデジタル信号を選択するのだ。だから、どの子供も「同じ」社会人に育っていく。

ドラマや漫画の聖地へ人が押しかける。そこが「同じ場所」だというのだ。だが、単に地名というデジタル化で識別されているだけのこと。実際、地球は自転し公転しているから、その位置は刻一刻ともの凄い速度で移動している。同じ位置ではありえない。まあ、これはちょっと理系寄りのジョークだが。

結局、「同じ」だと思い込むには、なんらかの範囲の指定、すなわち定義が必要であり、その定義を決めたのは自分ではない場合がほとんどだ。そこに注意してもらいたい。自分で決めたわけでもないルールによる分類に基づいて「同じ」だといっているのにすぎない。

日本人だと決めたのは、いったい誰なのか？　外国人とは、いったいどういう人間のことか。「移民」をあたかも「異民」のように毛嫌いするのは、誰の仕業なのだろうか？

一方で、相性ぴったりで結婚したはずのカップルが離婚する確率が近年かなり高い数字になっている。「性格の不一致」なんておっしゃるけれど、一致する方がおかしいと思わないのだろうか？　どうやったら、性格が同じになれるのか？

同じ小説を読んだ人と話をしたい、と沢山の読者が呟いているけれど、小説は言葉で構成されたデジタル作品だから、同じ小説を読むことは可能だが、それを読んで同じ感想を持つことはありえない。広い宇宙で、人間が住める惑星を見つけるくらいの確率かもしれない。

同じになりたい症候群

どこの国の人なのかを気にするくらいなら、みんなを地球人だと考える方が平和的なのではないか（地球人よりも宇宙人だと考える方がより平和的だが）。それなのに、国籍を気にする、出身地を気にする、宗教を気にする。人種や血筋や性別や年齢を気にする、さらには、出身校や派閥を気にして、「同じ」か「違う」かを判別するのは何故なのか？

それは、群れを形成したい本能によるものとしか思えない。身近に仲間がいることで安心したいのだろう。大勢がいる場所へ行きたがり、大勢がしていることをやりたがる。みんなと同じになりたい。同じになれると思っているのだ。

それにもかかわらず、少し違っている点に注目し、興味を持つ。違っていることに敏感だ。あるときはその違いに憧れ惹《ひ》かれ、あるときはその違いを嫌って排斥《はいせき》する。そもそも、みんなが少しずつ違うというのに、定義や範囲を決めて、同じか違うかを区別していることを忘れてしまう。忘れてしまう理由は、その定義や範囲の中に自分を置き、自分はみんなと同じだ、と思い込んでいるからだ。

ジグゾーパズルのピースは、すべて形が微妙に違っている。同じように見えても、一つとして同じものはない。自然界に存在するあらゆるものも、それぞれ全部違っている。同じ花であっても、正確には違いがある。人間も同じ人はいない。

しかし、違っていても、それらが集まって、組み合わさって、一つの絵になるときがある。すべてのピースの中から、ほんの一部と手を結ぶことができ、それが全体を形成するときがある。微粒子が組み合わさり、あらゆる物質を形成し、またそれらが集まって、綺麗な球体の星となる。自然の構造とは、そういうものらしい。

違っているから仲間ではない、という考えはとても不自然だ。違っているからこそ仲間になれる。仲間になる意味があるのではないか。

同じであることを無理に求めず、みんなと違っていても、それが普通だと考えることで、ずいぶん生きやすくなるだろう。

自動車に乗ることが大好きなので、ついにマイカーを買ってもらった。しかもベンツのGクラスで色は真っ赤。ラジコンで動かすことができる。乗って走ると最初は緊張していたが、だんだん楽しくなった様子。けっして自分から降りようとはしない。

洗車と修理と落葉掃除

昨日は、久しぶりに洗車をした。三台まとめて高圧洗浄機で洗ってから、クラシックカーだけはワックスもかけた。二時間くらいの労働。それから、エンジンブロアを背負って、庭園内の落葉を掃除。これも約二時間。秋本番ともなれば、もっと落葉が大量に降り注ぐ。今はまだウォーミングアップの段階。

木製の椅子の修理を頼まれていて、その段取りをした。庭園鉄道の橋の一部が老朽化していたので、その部材の交換工事も行った。機関車の一台はチェーンが切れたため、横倒しにして修理。それから、貨車の屋根が壊れていたので接着剤で修復。こういう細かい修繕作業を毎日のようにしている。どんどん壊れていくものをつぎつぎ直す、という具合で、人生というのはだいたいこんなイタチごっこだな、と思う。

社会も同じだろう。日本はこれまでは作る、築く、開発する、成長することばかりに明け暮れていたけれど、だんだんともう壊れていくものの方が多くなってきつつある。今後は、直して、修復して、騙《だま》し騙し維持するしかない時代である。

第29回　つるみたくない秋

グループへの抵抗感

前回の「同じ」に近い話題かもしれない。これまでの人生を振り返ってみると、どうやら僕は長く同じグループに留まれない人間らしい、と観察できる。自分では、特に意識していない。グループを作ることも、グループに入ることも、毛嫌いしているわけではない。だが、少し離れて見ると、どこかの集団に積極的に加わろうとしないし、また加わった場合でも長続きしない。

子供の頃には、たとえば学校のクラスのような集団があって、自分の意思とは関係なく、その一員にさせられた。自主的に入会できる部活などでも、だいたい僕は、一年したら別の部に移るようにしていた。なにか不満があったのではなく、喧嘩《けんか》をするようなこともなかった。ただなんとなく、自分はこの集団に馴染《なじ》まない、と感じてしまうのだった。

子供の頃から模型が大好きだったけれど、一度も模型のクラブに所属した経験がない。

漫画のサークルに所属したことはあったが、これは友達に誘われたから入っただけだ。サークル活動にも、それほど熱心ではなかったように思う。

大人になってからは、仕事以外でグループに所属したことは一度もない。町内会とかPTAなどは、むしろ反発していた。なくても良いグループだ、と認識していた。同窓会にも違和感を抱いていたし、仕事仲間で集まる趣味のグループにも所属したことがない。当然ながら、ネットでも集団の一員にはなりたくない、といつも感じている。はっきりいうと「つるむ」ことが嫌いなのだろう。

作家になってからも、誰ともつるんでいない。推理作家協会への入会を誘われ、しばらくは在籍したものの、数年後に脱会した。理由として、「作家を辞めるつもりだから」と答えた。

いずれの場合も、そのグループに不満があったわけではは全然ない。会費がもったいないとか、役員をさせられそうで困るとか、そんな理由でもない。そうではなく、このままこの枠内に収まり続けることを保証できない、といった感じだろうか。

グループには、なんらかの「共通事項」がある。つまり「同じ」もの、共有しているものがある。僕が、グループに対して常に感じるのは、「僕は同じではない」という違和感なのだ。だから、入りづらいし、長続きしない。

たとえば、鉄道模型のグループに所属したとしよう。きっと、仲間と懇意になり、その人たちを意識し、鉄道模型の趣味から外れた活動を自分で制限してしまうだろう。それが嫌なのだ。好きなものであっても、すぐに別のものへ目を向け、そちらにも傾倒したい。気まぐれで、飽きっぽく、常になににでも手を出したい、新しいことをすぐにでも始めたい、という人間だった。なにかに没頭するほど、それから離れたくなる傾向も認められる。本格ミステリィを幾つか書いたら、もうそのジャンルからは離れたくなる、みたいな感じか。

同じことをしたくない反面

自分は飽き性だと理解している。そんな自分をできるだけ自由にさせたい、いつも身軽でいたい、と願っている。だから、同じ場所、同じ集団、同じ作業、同じ環境にいなくても良いようにしむけている。だいたいこんなふうに解釈できるだろう。

ところがその一方で、極端に同じことを続ける習慣が幾つか観察できる。たとえば、毎日の時間割（小学生のときに使った用語だが）がほぼ決まっている。起床、食事、風呂、就寝などは、五分もずれることがない。血圧を測る時間、トイレの時間などは決めてはいないが、ほぼ同じ時刻になるし、これらを毎日記録している。こんなに几帳面《きちょうめん》な人間だったのか、と自分でも面白がっている節がある。

食べるものも、だいたい決まっている。朝のパン、昼のシリアルは、ほぼ同じ製品をずっと愛食している。べつに、ほかのものでも良いのだが、変えたいという欲求が希薄で、考えるのが面倒なのだ。そもそも食事にそれほど興味がないのが原因だろう。

着るものもほぼ一定だ。気温に応じて緩やかな変化はあるものの、Tシャツや靴下は一年中同じものの中から着回している。庭仕事や工作のときは作業着をきるけれど、ときどき奥様（あえて敬称）が見かねて洗濯してくれている。

そうそう、彼女と結婚して四十年以上になるが、別の人にしようと考えたことはない。考えたり、努力をするのが面倒だ。

つまり生活面では、飽きがこないみたいだ。ずっと同じことを同じ頻度で繰り返すことができる。しかし、仕事や趣味面では、そうはいかない。新しいことをしない期間を長くは続けられない。

子供のときはもっと酷くて、生活面でもルーズだった。だから、大人たちから「三日坊主」だと批判されていた。そこで、一般的に目立つ行為については改善しようと努力をした結果、今のような状況になったと分析できる。

どういうわけか、同じことを繰り返すと、世間から褒《ほ》められることが多い。努力を積み重ねたように見えるらしい。諦めずに、一途に、こつこつと実行することが望まれているみたいだ。たとえば、愛情にしても、同じ人だけをずっと愛し続けることが期待されているように観察される。これは何故なのだろうか？　どうして、このような継続が美徳とされるのだろうか？　そうなる理由を僕は知りたい。継続すると良いことがあるというが、世間一般からの評価以外で、なにか具体的な良い結果を招くだろうか？

仲間を作らないようにしている

人から褒められることに価値を感じない人間なので、どうしても人をあまり褒めない傾向がある。だが、多くの人たちは褒められて嬉しさを感じるようなので、僕としては、必要以上に意図して人を褒めるようにしてきた。たとえば、大学で学生を指導するときには、このような態度を取る必要があった。反対に、人を叱《しか》ることもほとんどなかった。どうしてかというと、叱ることの価値を感じない人間なので、人を叱りつけてどんな良い効果があるのか理解できなかったからだ。

だから、褒めたり叱ったりするというよりは、結果について客観的に指摘し、こうしたらもっと良いように思う、という自分の予想を伝えるに留めていた。人によっては、褒められた、叱られた、と解釈するかもしれない。だいたい多くの人は、指摘した内容よりも、褒められたか叱られたかを決めつけて、喜んだり落ち込んだりするみたいだ。

僕がグループの一員として長く立場を維持できないのは、ようするに、褒められたり叱られたりする意味がわからないからだろう、と理解している。人と親しくならないのも、親しくなると、感情的な意思疎通が増えてくるからである。客観的な指摘ならば、親しくならなくても、どこからともなく指摘され、情報量的な不足を感じない。

いわゆる「仲間意識」というものが僕には欠如している、と理解してはいるけれど、仲間意識の価値がわからないから、どうしても自分に取り込むことができなかった。今でも、ほぼそのままである。そして、やっぱり必要なかったな、というのが正直な感想だ。

たしかに、親しさとか仲間意識というのは、価値を感じる人には必要なものかもしれない。ただ、傍観していると、それらに起因した争いや揉《も》め事が頻繁に起こっている。親しいからこそ、仲間を作ったからこそ、愛憎の歪《ゆが》みが生じて、トラブルが発生するようだ。つまり、親しくなることや、グループに所属することは、それなりのリスクがある。幸い、僕には無縁のものだったけれど、そういったものを大事にしたい人は、どうかお気をつけ下さい。

「友達は財産だ」なんていうけれど、財産なんてものがあるから揉め事が起こるのである。

久しぶりの空冷フラット6

何年振りかで東京へ降り立った。そして、これまた何年か振りにポルシェを運転した。

庭園内の木造橋を渡る小編成。この機関車は三十三号機で、後続の車両も含めすべてベニヤとボール紙で自作した。この季節、樹の葉が散り始め、森林は少しずつ明るくなる。自然は常に変化するから、毎日自分の庭で行楽できる。

このクルマは、二十五年以上まえに新車で購入し、十年ほど乗ったあと、友人にただで譲ったものだ。いつでも貸してもらえるというのが条件だったので、その最初の権利行使となる。お金をかけてずっと良い状態で整備されていて、申し分なかった。それで、神奈川から山梨の辺りを往復二百キロほどドライブしてきた。

都会は道路も狭く、渋滞していた。こんなに暑いところに、こんなに大勢が住んでいるのか、こんなに沢山のクルマがのろのろと走っているのか、という驚きと、ひしめき合った建物とクルマでますます暑くなるよな、と改めて納得した。

都会に集まりすぎているのは歴然としている。群れたい人、つるみたい人が多いのか、と呆《あき》れてしまう。狭い場所を取り合うように、ぎゅうぎゅうと押し合っているのに、誰も変だと思わないなんて不思議だ。

最近の商売は、とにかく「煽《あお》り」に重点が置かれている。そして、煽られた人たちが行列を作り、高い料金を支払っている。集まりたいという本能を刺激し、映える商品をつぎつぎ繰り出し、大勢がスマホを手にしたまま押し寄せてくる。

郊外に出れば、ようやくエンジン音が良い響きになった。日本にもまだ自然が沢山残っている。誰からも煽られない静かな生き方もまた、まだ残っているはず、と思いたい。

第30回 無関係なことを考えてみよう

アイデアを思いつける人

クリエイティブな作業において欠かせないもの、それが「発想」だ。日本では、これを「アイデア」といったりする。知識や計算によって生まれるものではなく、どこからともなく、ふっと現れる。突飛なだけではなく、問題をスマートに解決したり、これまでになかった新しさをもたらしたりする。

誰でも思いつけるものではない。発想ができる人がたしかに存在し、しかも、そういう人はいつも新しい発想を持っている。いったい、どんなふうに考えているのだろうか、と不思議でしかたがない。どう考えたら良いのか、どんな訓練をしたら良いのか？

頭の転換、水平思考、逆転の発想、などいろいろな言葉で飾られるし、また、これに関する本が数多く出版されている。多くの人が関心を持っているのだろう。だが、読んでみると、過去にあった発想の例が紹介されているだけで、それを再現する方法は示されていない。発想法は、学校でも習うことができない。つまり、どうやったら価値ある発想が生み出せるのか、という具体的な手法が存在しない、ということはどうやら確からしい。

たとえば、数学のテストで良い点を取る人は、なんらかの発想ができる、と一般に理解されている。なにかを思いつかないと解答に辿《たど》り着けない。そういう問題が出る。しかし、数学以外のテストでは、その種の出題はほぼない。それは、知識を問うような問題だからである。もう少し簡単にいうと、数学では知っているかどうかではなく、思いつけるかどうか、が問われている。ただし、計算問題にはこのような発想が必要ない。

ものを作るとき、材料や工具、図面や工法があれば、あとは作業をするだけだ。もちろん、経験や知識が必要だが、そういったものは学ぶことができる。一方、芸術作品を作りなさい、といわれたときには、まず何を使うのか、どのように製作するのか、といった発想が必要になる。なんでも良いのだから、誰にでもなにかは作れるだろうが、しかし、他者が認めるような価値を生み出すことは、かなり難しい。そこに欠けているものは、経験や知識だろうか？

もちろん、それらも必要だ。そういったことは、趣味の教室や芸術大学などで学ぶことができるし、過去の作品を多く知ることで、ある程度は身につけることができるだろう。しかし、それでも、新しいものを創作するには、オリジナリティが必要となり、そこには、やはり発想がなければならない。なにかを思いつく必要がある。さて、あなたは、思いつけるだろうか?

思いつきの手法

発想をする方法というものはない、と書いた。考えれば思いつく、というわけにはいかない。発想ができる人も、どうしたら思いつけるのかを人に教えることができない。というのも、手法や方法というものが存在せず、どうすれば発想が生まれるのか、発想した本人もまったくわからないからだ。発想の名人であっても、あるときは良い発想がさっぱり出てこない場合がある。神経を集中させ、うんうん唸《うな》っただけで出てくるものではない。むしろ、その逆であることの方が多いだろう。

とはいえ、抽象的な方法ならば、多少は記述することが可能だ。

一例を挙げれば、こうだろうなと考えてしまう方向ではなく、逆方向へ考えてみる。逆とは何か、と思われるかもしれないが、そこが難しく、普通に考えない方向のこと。また、まずは目の前のものを否定的に見る、という手法もある。あるいは、なんでも良いからとにかく連想してみる。つぎつぎと連想して、直面している問題から一旦離れて考えてみる、といったことも良いかもしれない。

これらに共通するのは、関係のあるものから離脱し、無関係なものを考える、という方向性である。簡単にいえばそういうことになるが、これが実際にはなかなか難しい。

たとえば、人と会話をしているときに、相手が話したことに無関係な内容をつぎつぎと話せるだろうか？　関係のないものをすぐに思いつけるだろうか？　相手の言葉を無視して無関係なことを即答できるだろうか？　かなり難しいと思う。

人間の思考は、一連の流れから外れにくくなる。つまり、順番にしか考えられない。それはストーリィとしての流れがあるからだ。こうなれば、つぎはこうだろう、というだいたいの方向性が定まっていて、そこから外れることができない。

つまり、考えているようで、かなり狭い範囲でしか思考は進まない。台風の進路予想のように、思考が進む方向の範囲があって、それが狭い人ほど「頭が固い」状態といえる。台風の進路は平面上だが、思考は立体、あるいはそれ以上の次元を持っているから、方向の幅が少し違うだけでも、結果に大きな差異が出るだろう。

このように、取り組むべき問題に無関係なことを、できるだけ沢山考えることが、たぶん発想を生む基本的な姿勢といえる、と想像できる。しかも、その無関係な沢山のテーマは、すべてばらばらであって、お互いにも無関係な方が良い。頭に思い浮かんでいることから、瞬時に無関係なものへ頭を切り換える、このジャンプを何度も繰り返すこと、そういった思考が、結果として面白いアイデアを思いつける確率を高める。

新しい価値は無駄から生まれる

実際の世界、つまり生活や仕事といった普通の活動では、無関係なものは無意味であるため排除される。関係のない話をすると周囲の人から変な奴だと敬遠されるだろう。つまり、社会にとって意味のないものは、異常なもの、嫌われもの、となる。したがって、普通は無意識にこれらを避ける。そういったことを考えないように、小さい頃から頭脳は訓練されている。

もともと、赤子の頭脳はそうではなかったはずだ。社会も知らないし、まして常識もない。だから、何が関係のあるものかもわからない。少し成長しても、子供は無駄なことを思いつき、無意味なことをするはずだ。それを大人が制限する。関係のあることを話すと、周りの大人が微笑《ほほえ》む。意味のある発言は、他者の関心を集める。だから、その方向でしか考えないように頭脳が成長する。

具体的な問題を解決するためには、ほとんどの場合、関係のある連想をしなければならない。しかし、まったく新しいアイデアを思いつくためには、現在存在しないものをどこかから取り出すような思考が要求される。これが発想という行為であり、社会に順応して成長した頭脳は、これが苦手だ。普段の思考とは正反対だからである。

たとえば、小説を書く場合、ストーリィは事象の連続性が求められるから、書き始めれば、つぎつぎとそのさきを思い浮かべることができる。こうなれば、つぎはこうだろう、と想像ができる。しかし、どこかに非日常性がないと、物語としての面白さが出ない。なにかちょっとしたギャップが欲しくなる。この程度のことならば、ほんの少しの発想で充分だろう。

しかし、小説を構想するとき、あるいは詩や絵を創作するとき、何を描こうか、という思考は、まったく自由であり、道もなく、取っ掛かりもない。なんでもありではあるけれど、しかし、新しさが欲しい。そういうものを思いつくことは、かなり難しい。創作の始点には、非常に大きな（あるいは高い）発想が必要なのである。

これを避け、なにかのオマージュで書き始めることは格段に簡単だ。テーマがあれば、ジャンルが決まっていれば、小さな発想でスタートできる。

問題があれば、解くだけだ。問われれば、答えるだけだ。しかし、なにもないところから、誰からも問われていないときに、何を語るのかを思いつくことは難しい。難しい分だけ、その行為、その作品に価値が生じるし、また個性が表れる。

結局のところ、人間が生み出すものの中で最も価値があるのは、発想だといえる。そして、これまでにない発想は、無駄から生じ、新たな価値を生む可能性を持っている。

第30回
無関係なことを考えてみよう

リビングのベンチに座り、テーブルにどんと手を置いて、おやつを要求するハラスメント犬。体重は二十四キロになった。標準の三倍である。こんなに大きくなっても良いのだろうか。

庭掃除と冬支度

庭園内で毎日掃除をしている。落葉掃除や枯枝集め、そしてそれらの焼却など。また、冬に向けて、除雪機のエンジンを整備したり、ストーブの薪《まき》を運んだりしている。けっこう忙しい。既に空気は冷たく、朝夕は手がかじかむほど。

それでも、久しぶりに模型飛行機を飛ばしにいった。丘陵地の端の傾斜した場所で、グライダを飛ばしている人もいた。フライトは一回だけ（十五分くらい）だったけれど、楽しかった。無事に着陸することで、すべてが報われる感覚があって、この報酬のために、ちょっとしたリスクを楽しんでいるのだな、という納得がいつもある。

僕が担当している犬は、今六歳半だが、最近要求が強くなってきた。いつもと違うこと、順番が違うことに直面すると不機嫌で、おやつを食べない、散歩にもいかない、と拗《す》ねる。それだけ賢いということか。人間も、不機嫌になるのは、だいたいこれと同じだな、と思われる。犬の振り見て我が振り直せかも。

第31回　知恵は知識ではない

不要になった記憶力

前回は「思いつく」ことの大切さを書いた。思いつくことは、思い出すことではない。「思い出す」とは、一度インプットした情報をアウトプットすること。学校のテストのほとんどがこれだった。つまり、記憶（頭に入れたもの）を、再生する（そのまま出す）行為である。そしてこれは、コンピュータが最も得意とする作業であることはいうまでもない。少し昔には、頭の良い人のことを「機械のようだ」と称賛したくらいだ。

コンピュータは、誰もが使えるツールになり、現にほとんどの人が片手にそれを持っている。手放せない人が大勢いるようだが、自分の頭よりもその機械の方が精密で、速く、しかも正しいと感じているから手放せない。

「思い出す」ためには覚えないといけなかったが、もうインプットさえ不要になった。コンピュータが勝手に勉強してくれるから、人間が覚えようとしなくても情報が出てくる。

勉強しなくても良いなんて、こんな楽なことはない。力仕事をしなくても良い時代になったのと同様に、人間の頭脳も、働かせる必要がない時代になった。

社会では、ものを知らない、つまり知識がない人間を馬鹿にする風潮がある。馬鹿とは無知だ、と認識されている。だから、人を馬鹿にしたいとき、「こんなことも知らないのか」と罵《ののし》った。今でも、この認識は根強く、議論で相手を攻撃するときにも、知識不足を非難したり、間違った知識を持っていることを指摘する。

このような「知っている」能力は、現代ではほぼ無価値になりつつあることに、まだ気づいていないのかもしれない。知らないのではなく、気づいていないのである。

記憶を再生する作業では、精確さが問題になる。だから、具体的で詳細なものが記憶の対象となる。精度を上げ、能力を確かめるために、どんどん細かいデータを扱う傾向があり、そういった難しい問題に答えられることが頭脳明晰《めいせき》な人の証明となった。良い大学に入るためにも、このような頭の使い方を訓練したのだ。

一方で、「思いつく」能力は、訓練する方法が確立されていない。どのように教育すれば良いのかも曖昧なままで、稀《まれ》に現れる天才を待つしかなかった。

記憶と再生の能力（記憶力）は、現代ではほぼ不要となり、せいぜいクイズ番組で人気者になれる程度まで価値が下落した。ＡＩの普及で恐れ慄《おのの》いているのは、このような訓練で「賢さ」を鍛錬してきた人たちだろう。

頭は知識で肥満になる

その記憶力も、実は方法を教えてもらうようなことはなかったといえる。勉強というのは、記憶力を育《はぐく》むというよりは、ひたすらインプットを繰り返すだけだった。いわゆる「詰め込み」教育といわれる所以《ゆえん》である。沢山詰め込めば、忘れてしまうものはあっても、記憶に残るものは確実に増えるはずだ、という信念で行われていた。

一方では、発想や思いつきを体感できる数学は、この教育からは早期に外されてしまい、日本特有の「文系」という言い訳によって、詰め込んだ量を測るだけの試験に通れば高学歴をゲットできる社会が長く続いている。戦後の成長期には、科学やもの作りに憧れる子供が一定数いたけれど、バブルの時代には文系に人気が集中し、その後の産業の衰退を招いたように観察される。理系の技術者は、「経済を知らない」と揶揄《やゆ》され、虐《しいた》げられる場面が多かった。「三角関数なんて社会で何の役に立つのか?」といった発言が、リーダ的な立場の人から出たりするほどだった。こうして、日本では新しい「発想」が生まれにくくなった、と見ることができるだろう。

さて、僕はこれが悪いといっているのではない。このようにしたい人たちが多かったからこうなった、というだけであり、皆さんの思ったとおりになりましたね、という感想しか抱いていない。「このままでは、将来こうなりますよ」と自分の意見はたまに述べてきたし、そのとおりの現状だといえるので、「なるようになる」ことが証明された。

社会は豊かになり、経済的にも発展したので、全然悪くない。幸運にも、わりと良い社会になったと思っている。

ただ、さらなる発展をもし期待するのなら、やはり誰かが「発想」しなければならないだろう。それが日本以外から生じれば、日本の経済はじり貧になっていく、というだけの話で、僕的にはなにも困った状況ではない。世界の誰かが新しいことを思いつけば、それは世界中に広がり、大勢の幸せに寄与するだろう。

繰返しになるけれど、「発想」に必要なものは、「無関係」な思考であり、別の言葉にすると、それは「無知」な状態ともいえる。「知らない」ことを蔑《さげす》むような人たちには、ここが理解できない。知らないのではなく、理解していない。新しい発想は、「知らない」人から生まれる可能性が高い。

知識を詰め込んだ頭脳は、肥満した肉体のような鈍重さゆえに不活性に陥《おちい》りやすい。知らないこと、記憶が少ないことが、むしろ身軽な思考を促す。「知恵」とは、自由な思考力のことであり、そのために知るべきものは、基礎的な公理、法則、原理のみである。具体的で詳細なデータではない。

「もしかして、これが？」という思いつきを、日常的に体感する「知恵」のある人が、人類の未来を支えることは、まずまちがいない。

大人も遊ぶことが仕事になる

たとえば、原子力発電の議論をするときに必要なのは、核分裂の原理、発電の仕組み、そして放射線とは何か、その測定方法、という物理的な理解である。そういった理解なしに議論は難しい。感染症の問題を議論したいのなら、ウィルスやワクチンの原理を理解していなければならない。知るべきことは、物理や化学、さらに数学的な理屈や理論だ。それらは、ほんの少しの数式や言葉で表現できるものであり、一度理解したら、忘れることはまずないほど整然としている。広範囲に適用でき、計算でき、そこから未来の確率的な予測が可能となる。

未来がどうなるのかは、確率的にしか評価できない。数字を比較して判断するしかない。「わからないけれど、だいたい予測できる」ものである。「絶対にこうなる」と断言はできない。方向性を決める議論とは、数字の比較なのである。

具体的で詳しい情報を覚えていることは、これからの時代では価値がない。必要なのは、それらを原理原則に従って吟味し、展開し、計算すること。ここまでは、コンピュータが担当できる。そして、人間はその結果を見て、なにかを思いつく役回りなのである。

発想が生まれると、新しいものが作られ、それをさらにシェイプアップして、しばらくは生産が続けられ、経済が回る。しかし、いずれは古くなる。別のどこかで生まれたより新しいものに代わられる運命にある。経済を長く回し続けたいのなら、ときどき発想して新しさを思いつく才能が必要だ。

そういう人材が求められるようになる。そして、それができない人たちは、仕事をしなくても良いグループになるだろう。何をすれば良いのか、というと、遊ぶことが仕事になる。

「子供は、遊ぶことが仕事だ」といい続けてきた大人は皆、自分たちにそれをいい聞かせるしかない。そうはなりたくないという人は、知識を詰め込む勉強をやめて、毎日なにかを作ることをおすすめする。

詩を書く、絵を描く、作曲する、ガーデニング、DIY、機械の整備、家具の修理、ペンキ塗り、部屋の模様替え、野菜作り、ペットの世話、ゲーム、ギャンブル、観劇、芸術鑑賞、旅行、投資、恋愛、子育て、介護、ボランティア、エトセトラ。まだまだ沢山の「仕事」が残されている。儲《もう》からないものばかりだが、これからは趣味や遊びが生き甲斐《がい》になる。そしてもしかしたら、子供のように遊び尽くした人たちの中から、新しい発想ができる人材が育つかもしれない。

庭園内で最も低い場所を運行する列車。線路は木造の構造で持ち上げられている。針葉樹が多い区域だが、胡桃《くるみ》の実が沢山落ちているので、どこかにその樹があるはず。

強盗や選挙のニュースばかり

日本のニュースを見ていると、最近は強盗か選挙の話題が目立つ。ＳＮＳ絡《がら》みの犯罪が問題になっているけれど、電話が個人に普及したときには、電話絡みだったわけで、単に新たなコミュニケーションツールが広まっただけの話。いつの時代にも、金目当てで、金欲しさの人を使い、他者から金を巻き上げる犯罪は存在している。個人情報を漏らしているから狙われる。今すぐにＳＮＳをやめれば、その人は十年後に多少安全な生活を手に入れるだろう。

選挙になると、今も街頭で大声を張り上げているのが滑稽《こっけい》。そして、どの党も語っていることは同じだ。クリーンな政治を、困っている人たちの声を聞く、生きやすい社会、子供たちの未来のために……と。悪口を除外すれば、対立しているようには全然見えない。僅かに食い違っていると思える具体的な意見はといえば、比較的小さなテーマでしかない。綺麗事しか発言しないから、こうなってしまう。

前者の問題は、警察の予算や人員を増やすこと。後者の問題は、選挙運動自体を禁止すること。そういった意見が何故出てこないのか、とずっと不思議に思っている。

日本人は、「お願い」することで良い社会が築けると考える。でも、その願いが届かない人たちが一定数いることは古来変わらない。お願いすれば遠慮してもらえる、との文化は素晴らしいけれど、これでは理想には到達しない。

とはいえ、僕は不満を持っていない。社会はまあまあだ。特に日本は今のところ戦争をしていないし、物価もまだ安い方だし、これでも治安は抜群に良いといえる。経済だって、ほどほどに回っているのでは？

第32回

楽しければそれで良いのか？

秋の落葉掃除から学ぶこと

毎年、この季節は庭園内の落葉掃除に明け暮れる。毎日何時間も庭に出て、作業服姿のガーデナとして肉体労働に勤《いそ》しむ。小説の長編一作を書き上げる時間の五倍くらいを費やしているので、「読者の敵」と命名しても良い。

ほぼ、僕一人で行っている作業である。奥様（あえて敬称）は、この時期は来春に向けて球根を植えているので、庭園内でたまに見かけるのだが、ずっと遠くにいるので話をするようなことはない。同じく話しかけることはないが、犬の方が近くにいる。

敷地内に舗装されているアプローチが六十メートルほどある。そこの落葉掃除を、奥様と長女にも協力してもらい、三人ですることになった。仕事を始めようと思ったところ、二人はまだランチを楽しんでいる様子だったので、さきに僕だけで違う場所の掃除をしていた。重さ十キロほどあるエンジン駆動のブロアを背負って、ダクトから噴き出す風によって落葉を掃き集める作業だ。落葉がある程度集まったら大きな袋に入れる。二人がちっとも呼びにこないので、舗装アプローチへ見にいくと、レーキ（熊手）を持って、落葉を集める作業を既に始めていた。

塗装されていて平滑なので、ブロアで寄せれば、あっという間に落葉が集合する。だから、それらを袋に入れる作業を二人にしてもらうつもりだった。レーキを使って掃き集めるのは大変なうえ、何倍も時間がかかる。しかも、綺麗にはできない。

二人は、楽しそうにおしゃべりしながら掃除をしているので、しかたなく、僕は残りの場所の落葉をブロアで吹き飛ばした。

かつての僕なら、文句をいっただろう。だが、還暦を過ぎた老人になった今は、多少なりとも人間ができてきたので、ぐっと堪《こら》えて黙っていた。

そんな非効率な作業は時間の無駄だ、と確信できる。彼女たちは、風向きも、明日の天気も、落葉の湿り具合も、なにも考慮していない。どういう順で袋に入れれば焼却が楽かも考えていない。正しい手順を示さなかった僕が悪い、と思うしかない。

ただ、彼女たちにも言い分があるだろう。楽しく仕事ができればそれで良いのだ。効率なんてどうだって良い。一理あるどころか、それはそのとおりなのである。こうすればもっと早く片づけられる、といった理屈を聞くことの方が、むしろ不愉快なのだ。

たとえ綺麗に落葉を除去できたとしても、今は毎日どんどん降り注ぐ時期なので、三時間もすれば、再び落葉ですっかり覆われてしまう。つまり、綺麗な状態なんて、ほんの一瞬なのだから、とりあえず今は落葉を減らそう、という方針が正しい。しかし、その一瞬の綺麗さで、気持ちが良くなるのもわからないではない。

効率か快適か、それが問題だ

落葉掃除の例は、単なる実話であって、適切な例とはいえない。ただ、おそらく今の若者の多くは、僕の奥様と長女のように、楽しく気持ち良く働きたいと思っているのだろうな、と想像できたので、これを書くことにした。

一方で、少し上の世代の上司、経営者たちは、仕事の効率を高めたいと考えているはずだ。情勢や目的、そして少し未来のことを見据えて、それぞれが適切な判断をしてほしい、無駄なことを排除したい、もしわからないことがあったら上の者の指示を仰いでほしい、何をすべきか、どうすれば適切なのか、といった判断ができる人に働いてもらいたい、そう考えているだろう。仕事とはそういうものだ、と信じているはずだ。

どちらも、間違ってはいない。否、正しい。だから、議論をしても折り合わない。仕事なんだから効率を求めるのは当然だ、という考えは基本的な姿勢といえるし、また、好きで働いているわけではない、賃金を得るために労働しているだけだから、余計にあれこれ考えたくない、いわれたことはやっているので、それ以上の文句は聞きたくない、少しでも楽しい職場であってほしい、と思う気持ちも理解できる。

そして、その中間というか、中庸《ちゅうよう》を進むのが現実だろう。効率を追求するため上司は指示を与える。それを聞きつつも、仕事仲間とおしゃべりしたり、スマホをいじりながら適当に勤務時間を過ごす部下たち。今時の若者は使えない、しかし怒ったらパワハラになるし、自分だって嫌な思いはしたくない、我慢をするしかない。楽しく仕事をしているのに、いちいち細かいことをいってくる上司には本当に腹が立つけれど、給料は欲しいし、転職なんて面倒だ、辞めるわけにもいかない、我慢するしかない。

中庸とは、両者いずれもが不満を抱え、辛抱している状況といえる。相手を説得しようといった誠実な姿勢は、今では「余計なお世話」になる。放っておくこと、深く関わらないことが、自分の利益になる。だが、それによってグループ、あるいは社会の利益は減少するだろう。

自己利益が最重要な方針

親と子の間でも、これと同様の駆け引きがある。「駄目だって叱《しか》りたくない」「褒《ほ》めて育てたい」と親は引いているし、子供も「できるだけ逆らわない方が、結果的に得だ」と我慢している。お互いに譲歩しているように見えるけれど、結局はどちらも相手ではなく、自己利益を重視している点では同じだ。

しかし、その自己利益こそが、人生の目的であり、個人の権利、自由というものだ、と考えるのが、現代社会の基盤をなす方向性といえる。それが集団でも、国家でもベースとなりつつある。綺麗事をぶつけ合うよりは、「自分ファーストだ」と宣言した方が正直であり正義なのだ、との考え方である。

このような思想が前面に出てくるのは、「馬鹿正直」という言葉のとおりで、それだけ人類が馬鹿に近づいているせいかもしれない、とは思う。悪いとは思わない。馬鹿でも良い、馬鹿も含めてみんな人間だ、という方針なのだ。シンプルで裏表がない、思っていることをずばり発言できる人間が「良い人」だということだろう。かつての社会では、いいたいことがいえなかった。思ったことを呑《の》み込んで我慢を強《し》いられた。それに比べれば、自由が当たり前になった、と解釈すれば、少しは溜飲《りゅういん》が下がるかもしれない。

それでも、僕は少し抵抗したい気持ちを持っている。個人の楽しみが優先とはいえ、人生の時間は有限なのだから、効率を考えることは重要だと感じている。ただ、他者にそれを押しつけてはいけない。ここだけは注意が必要だ。

僕は常に効率を考慮している。落葉掃除だって、風向き、風力、湿度を常に数日さきまで予測し、集めた落葉の湿り具合、焼却する順番、焼却場の選択、落葉を集めるタイミングなどを、考えて三日後くらいまで作業予定を決めている。自分一人が労働者だから、スケジュールを示してはいない。たまに手伝ってくれる人がいるとき、どこまでその計画を伝えれば良いのか、難しい問題となる。

まあ、今のところは、気持ち良く楽しく作業ができればOK、ということで妥協している。あるときは、むしろ僕の仕事が増えて、手伝いがマイナスになることもあるのだが、ぐっと我慢をして、なにもいわないことにしている。ここに書いて、鬱憤《うっぷん》を晴らすしかない。奥様は、書籍になったときに写真だけご覧になる程度で、僕の文章は読まれないから影響はないはず。

「糟糠《そうこう》の妻は堂より下さず」という言葉を、若い頃の僕は「胴より下さず」だと勘違いしていて、腰よりも低い位置に下げて（軽んじては）はいけない、という意味だと解釈していた。家から追い出してはいけないなんて、当たり前すぎるのでは、と思うがいかがだろう？

「妻の振り見て我が振り直せ」は、ありだと思う。振りを正そうなんて考えるのも、あまりよろしくない。こっそり思想に活《い》かす方が良い。このように、執筆のネタにもなるのだから、まんざらでもない。

ブロアカーと除雪車

落葉掃除も大変ではあるけれど、毎日欠かさず庭園鉄道は運行している。線路の上に落葉が降り積もっているので、それを排除するために専用の車両がある。先端から空気を噴き出すブロアカーだ。これまでさまざまな改造が行われた。最初はハイブリッド（エンジン発電機とモータブロア）、次は軽量化を優先してエンジンブロアに、そして今年はバッテリィのモータブロアへと進化した。外見はラッセル車に似せて、ベニヤとボール紙で作られている。このブロアカーを先頭に機関車で押して走り、庭を一周すれば、そのあとは普通の列車が走ることができる。

落葉だけではなく、積雪に備えた除雪車も何台か作った。当地では雪は滅多に降らない（ひと冬に二、三日程度だ）が、これまでの最高積雪は一メートルほどで、このときは、全線が開通するのに一週間かかった。両側に雪の壁がある溝の中を運転して走ったが、この体験はなかなかのものだった。クルマをガレージから出すことができず、買い物にも困っていたのに、庭園鉄道を優先して除雪作業をしたのだから、楽しければ良い、気持ち良ければそれで良い、という生き方を僕自身もしていることは否定できない。

線路上の落葉を吹き飛ばすブロアカーとそれを押すための機関車。人間（僕）は、機関車の後ろの貨車（写真右）に乗って運転する。一年のどの季節も、毎日運行している。今となっては、これが仕事か。

第33回

ものを作ることがデフォルト

作るために必要なこと

昔の人は、多くのものを作った。生きていくうえで、さまざまなものを作らなければならなかった。狩猟のため、収穫のため、あるいは戦うために、数々の道具を作った。また、少し余裕があるときには、身を飾るもの、祈りを捧げるためのものを作った。ものを作ることが、人類台頭の理由の一つとなった。人は常に、なにかを作り続けてきた。

これは今でも続いている。生きていくためには仕事をしなければならないが、仕事というのは、なにかを生産する行為であり、効率を追求するために集団で生産するような仕組みができた。個人は、得意な作業に専念する方が合理的であり、分業が広まった。このおかげで、他者が作ったものを使うようになり、自分の手ですべてを作るという感覚が失われていく。今では、人の手で作る製品は少数になった。

さて、ものを作るときに限らず、行動の過程ではいろいろな判断が必要になる。どうすれば良いか、どちらが良いか、と考えるときに、好きか嫌いかといった問題ではなく、上《う》手《ま》くいきそうか、どちらが楽か、などさまざまな予測、あるいは計算によって自分の行動を決めていかねばならない。このプロセスは、ちょっとした問題であれば無意識に行われていることが多いが、問題が大きくなると、その予測や計算自体が難しく、短時間で判断ができなくなる。作業の手が止まり、しばし考え込むことになるだろう。

このような経験を、人はずっと、子供の頃からずっと続けてきているはずだ。そして、自分では判断できない場合には、誰かに尋ねたり、本などで調べたり、あるいは情報を検索したりすることになる。とはいえ、外部に判断を求めて問題が解決するのは、同じ体験をした他者が存在する場合に限られる。問題が特殊なものになるほど、ずばりの解答は得られない。似た問題の体験から類推するしかない。

作るためにも予測や計算が必要となり、特に新しいものを作ろうとすると、周囲に尋ねて回っても答が得られる可能性は低く、類似のものから連想して補うしかなかった。

人間の思考は、このような環境で成長する。人類の歴史で長くこの状況が続いた。ついに最近になって、電話や印刷物、あるいはラジオやTVなどのマスコミが登場し、より多くの事例を参考にできるようになったものの、多少検索範囲が広がった程度だった。ところが、ネットが普及して状況は大きく変化する。世界中から情報が得られ、しかも検索をコンピュータがしてくれるようになったため、自分が欲しい答を見つけられる確率が格段に高まった。一般的な問題であれば、おそらく二桁くらい確率が上がっただろう。ただ、マイナな問題（たとえば、研究や専門的な技術に関するもの）は、せいぜい一桁くらいの上昇か、というのが僕の感覚的な数字である。

「作る」から「推す」へ

とにかく、便利な世の中になった。一人の知見が大勢に伝達されるわけで、知識の共有という意味で絶大な発展を遂げた。翻《ひるがえ》って、では個人の思考はどうなっただろうか？これは明らかだと思う。このようなネット環境に浸っている人たちは、判断をしなくなり、連想したりもしない。予測も計算も自分ではしなくなった。それでも、生きていけるからだ。

さらに、追討ちをかけるように、とまではいわないが、そもそも個人がものを作る機会がほぼなくなった。どんなものでも商品化されていて、必要なものは作らなくても、全部売っているのである。ずばりのものはないにしても、かなり近いものが、お金を払えば手に入る。

ものを作るときは、自分が望むものの形をまず考える。それに向かって製作（あるいは制作）するものの、そのとおりにはならない。ここで、理想と現実の差に直面する体験を重ねる。一方、製品を買うことで自分が欲しいものを手に入れるときには、まず最初に「選択」がある。自分が欲しいものを細かく考える必要はなく、目の前に並ぶものの中から、納得できそうなものを適当に選ぶ。ここには、理想というものは頭に浮かばず、最初から現実があって、それに自分を合わせていくしかない。選択しているようで、実は最初から自分を適合させる妥協をしているのである。

子供の頃から「夢を抱け」「夢は大きく」と教えられてきたが、おそらく、今の若い人たちの「夢」というのは、既に身の回りやマスコミやネットに存在する「実例」から選択されたものだろう。「誰某《だれそれ》のようになりたい」というのが将来の夢になっている。また、最近流行《はや》りの「推《お》し」にしても、製品化された商品から選ばれたものだ。「実例」では駄目なのか、と反発されるかもしれない。否、悪くはない。しかし、「理想」というものは、「実例」を超えることができる点が異なるし、「実例」を夢だ、推しだと夢中になっている人の多くは、その夢や推しへ自分が近づくことを目標としていて、そこへ到達しようとは考えてもいない。最初から、諦めているからこその「夢」であり「推し」なのである。この点が、自分で夢を作ろうとした人との違いだ。

要約すると、「作る」から「推す」への変革が、現代社会の人々の傾向のシフトであるといえる。どちらも、自分の力で、なにかを育てることでは一致していて、その努力自体が楽しく感じられ、人生の潤《うるお》いとなっている。今の状態が悪いという話ではない。

生き方も「作る」から「選ぶ」へ

新しいものを見つける目は、今並んでいる商品から選ぶ目からは育ちにくいだろう。子供たちに「将来の夢」を問えば、ほぼ例外なく、現在実在する職業を答える。夢を作るのではなく、選んでいる。それを聞くと、僕は限界を感じてしまう。たとえば、現在社会のトップにいる人たちの多くは、以前には存在しなかった仕事に就《つ》いているからだ。今までなかったものを目指した人たちが成功している。

もちろん、誰もがそんな成功を収められるわけではない。一部の人がなし遂げたものを「成功」と呼ぶ。したがって、常識的なものに縛られていると、やはりその分、普通の人生になることはまちがいない。

誰かに憧れ、誰かを推すことは簡単で、地道で、いわば安心が得られる幸せな生き方といえる。それはまるで、美味《おい》しいと評判の店の前にできた行列に並ぶようなものだ。そこに並んだ瞬間、少し未来が確定され、美味しい料理にありつけることが約束されている。なにも努力しなくても良い。ただじっと立って、待っているだけで良い。

そういう生き方は、とにかく楽なのである。誰もが楽をしたいのは当然。一生呑気《のんき》に生きられたら、全然悪くない。のほほんとした人生って、わりと多くの人が願っているシチュエーションだろう。

ただ、ときどきでも良いから、ちょっと考えてみた方が面白い生き方ができるかもしれない。結局、楽な生き方をするほど、誰かから搾取《さくしゅ》されて、知らず知らず損をしていることになる道理が見えてくる。もし、それでも良い、搾取するよりは搾取された方が良い状態だ、と開き直れる人は、それでけっこう。そのまま一生頑張れる人は素晴らしい。だけど、本当にそんな損をしたまま、いつまでもにこにこしていられるだろうか、という問題がずっと残るだろう。

もし、できたら損をしたくない、できるだけ搾取されたくない、という思いがあるのなら、並んだ商品から選ぶだけの人生に、行列に並ぶだけの人生に、ときどき抵抗することである。自由とは、選ぶものではない、並ぶことでもない。作るものだからである。

そうはいっても、「他者」というのは、商品ではないけれど、作ることができない。他者は選ぶしかない、という大問題が控えている。そう、そのとおり。だから、他者には期待しないこと。

作るにしても、選ぶにしても、なんらかの妥協は必ずある。作れるものしか作れないし、選べるものからしか選べない、という意味では、両者の差はごく小さいのかもしれない。このあたりが、人生の不自由さである。

一番大事なことは、「自分」は選べないけれど、作ることができる、という道理である。

まだ生きているなあ、と毎日思う

相変わらず、落葉掃除に明け暮れている。だいたい達成率は八十パーセントくらい。肉体疲労が蓄積し、筋肉痛が方々にある。それでも、風が良いというだけで、今がチャンスとばかりに頑張ってしまう。なにが得られるというわけでもない。誰も褒《ほ》めてくれない。完全な自己満足なのに、これが自分の使命だといわんばかりの奮闘は、実に不可思議である。

既に朝は氷点下で、風が吹いている日は、朝一番の犬の散歩が過酷だ。南極観測隊に任命されたと思って遂行しているのだが、犬は寒いほど元気で、故郷のシェトランド島を思い出しているのだろう。ただ、寒くなると空気が澄み、遠くまで見通せるようになる。なだらかな丘陵地のカラフルさと、霜で真っ白になった大地が、いずれも輝かしい。

この世のものとは思えないほど綺麗だ、という常套句《じょうとうく》を思いつくけれど、そんなに「この世」は汚いのだろうか？

第33回
ものを作ることが
デフォルト

僕が担当している犬は、体重が二十四キロもあり、覚悟がないと抱っこができない。誰に似たのかオタク気質で、自分の趣味に生きている様子である。本人が興味を示すものを持っていれば、顔を上げて見つめる真剣な顔が撮影できる。

第34回

孤独が好きになる理由

「孤独だ」と人からいわれる？

孤独が好きか、というと、べつに好きというわけではない。ただ、嫌いでもない。好きか嫌いかなんて考えたことがないし、そもそも「孤独」というものを感じたことがない。どういった状態が孤独なのかも、よくわからない。一人でいると孤独なのだろうか。話す相手がいないこと？

「孤独死」という言葉があるが、単に一人で生活していたら、死んでも誰も気づかない、というだけのことでは？　死んだ本人が孤独だったかどうかなんて、誰が判別するのだろう？　一人で楽しい人生を満喫していたかもしれない。孤独死だったと哀《あわ》れに思われるなんて不本意というか、余計なお世話というか、ある意味で、屈辱的だし、名誉毀損ではないだろうか？　まあ、死んだらべつになにも関係はないから、どう思われてもかまわん、というところが本当だろう。

生きている人の場合も、たいていは他者が「あいつは孤独だ」と指摘する場合が多い。自分で「私は孤独です」なんて主張する人は少ないのではないか。もしそういう人がいたら、ユーモアのセンスがあると感じる。他者のことを「孤独な奴だ」と悪口のつもりでいっている人は、自分は仲間が多いが、その仲間に含まれない人を攻撃している、といった感じだろうか。しかし、その人の仲間だって、ろくなグループではないかもしれない。仲間がいることは、はたして良い状況なのだろうか？

僕は、そんなふうには感じない。仲間がいても、いなくても、得でも損でもないし、有利でも不利でもない、と正直考えている。どちらかというと、仲間というのは面倒くさいものだ、とマイナスに評価する方が多い。仲間がいるために得をしたり、救われたことはほとんどなく、仲間がいるから、時間を取られたり、余計な役目が回ってきたりと、むしろ不利益の方が多い。トータルでいうと、得と損は三対七くらいだろう。

まあ、どちらでも良い。仲間が好きだという人はいるみたいだし、仲間がいるだけで満足したり、安心できる人も、どうやらいるみたいだ。そういう人に文句をいうつもりはない。よろしいのでは？

僕の場合、楽しみのほとんどは自分一人で完結するものなので、一人でいる時間をとても大切にしている。一人でいるときが一番楽しい。もし、一人でいる状態を孤独というならば、孤独が楽しいことになる。それから、「寂しい」状況も大好きなので、寂しさを感じる時間も大事だと思っている。寂しいな、なんて感じるのは、綺麗な心というか、侘《わ》び寂《さ》びの感覚に近い。寂しいときに素晴らしい発想が生まれることも多い。たとえば、素敵な芸術は、孤独や寂しさから生まれるのだろう。そういう体験は貴重だし、このうえない思い出にもなる。

孤独を恐れる人は大勢の中にいる

実は、ひとりぼっちの人が孤独なのではない。本当に孤独なのは、大勢の仲間の中にぽつんといる人だ。たとえるなら、田舎《いなか》や山の中の一軒家ではなく、大勢が暮らしているマンションなのに、隣に誰が住んでいるかわからない一室みたいな存在。距離的には多数の他者に囲まれているのに、周りのみんなが自分にとっては明らかに無関係だ、と感じる。真面目な話ができない、話が嚙《か》み合わないし、みんなが秘密を持っている、それをけっして明かさない。仲間はいるけれど、これが本当の「親しさ」だろうか、と疑問を抱く。

まず、孤独を感じるのは、この「親しさ」への幻想があるためで、いうならば、「他者への期待」が根元となる。「親しい他者」の虚像を信じている。そういうものが存在すると何故か思い込んでいる。それは、神を信じるようなものであり、根拠はまったくない。

しかし、子供の頃から見せられてきた数々のフィクション、ドラマ、映画、漫画、小説などに描かれているものだから、絶対にこの世に存在すると信じている。神や超能力などの超自然現象と同じくファンタジィでありSFなのだが、周囲の誰もが信じているように見えるし、そう振る舞うから、いつまでも期待してしまう。自分の前にも「親しさ」がやってくる、と待っているのだ。つまり、この状態が「孤独」というものの正体である。

仲間と一緒にいて安心できる人は、一人でいる人を見て、「寂しそうだな」と感じるし、一方、一人で楽しんでいる人は、仲間と一緒にいる人を見て、「つき合わされて可哀想《かわいそう》だな」と感じる。いずれの立場にいても、自身の境遇が良いと感じる人は多い。でも、一部の人は、逆の立場へ憧れを持っている。仲間と一緒にいても、「こんなグループからは早く抜け出して、一人でのんびり過ごしたい」と感じる人はいるし、一人でなにかをしていても、「大勢で一緒に楽しめたら良いな」と感じる人もいる。

そういった個々の立場、それぞれの感覚を無視して、一人だと孤独だ、と決めつける場合があって、特にマスコミなどは、そういった勘違いを誘導しがちだ。勘違いではなく、なにかスポンサに配慮して故意にイメージを捏造《ねつぞう》している可能性もある。マスコミというのは、このような意図的な捏造を長年にわたって続けて、それを自分たちでも信じてしまうようだ。

孤独は自由の象徴

少数派ではあるけれど、孤独が大好きでたまらない、という人たちがたしかにいる。僕もその一人だ。子供の頃から一人でなにかをする時間が好きだった。大好きなことに没頭できる。誰にも邪魔をされたくない時間なのだ。

友達と遊ぶことが嫌いだったわけではない。それは友達による。確率でいうと、五十人に一人くらいだが、稀《まれ》な人格の人がいて、特別なものを持っている、ときどき予想外のことが得られる、というメリットがあるから、結果として親しくなる。だが、そうではなく、多くの友人を持つと、相手に合わせなくてはいけないので、自分のペースが乱されると感じてしまう。歩調を合わせて歩かないといけない。自分の好き勝手なことができない。

僕はすぐに飽きてしまう性格だったから、すぐに別のことをしたくなる。この遊びはもう充分だから違うことで遊ぼう。その話はもういいよ、別の話題にしよう、と思ってしまう。少し一緒に遊んだら、もう別れたくなる。「じゃあね」と勝手に去ることが許される相手なら良いけれど、なかなかそうはいかない。特に大勢になるほど、自分勝手にできない不自由さで苦しくなる。友達というのは面倒なものなのだ。

一人でいることは、自由の象徴でもあった。たとえば、面白いことを思いつくと、食べたり寝たりするのも面倒になる。しかし、子供だから勝手にできない。しかたがないので、夜中に起きたり、朝四時頃に起きて、こっそり活動することがあった。そういうときに、自由だなと感じ、これが孤独の素晴らしさだ、とも思えた。

大人になっても、この生き方のままだった。研究者になったから、素敵な孤独の時間を増やすことができた。何時間でも一人でいられる。考え続けたり、計算したり、ずっと邪魔されない時間を過ごすことができる。こんな幸せがあるのか、と思えた。もう親の目を気にしなくても良い。結婚をしたけれど、「仕事だから」といえば良い。

これは、人間関係に限ったことではない。たとえば、日々の生活で自身のためにしなければならないことの多くが退屈で、面倒で、できればスキップしたいと思う。風呂に入ったり、着替えをしたり、トイレに行ったり、食事をしたり、寝たりする必要があるし、決まった時間にしなければならない儀式が多々ある。意味のない儀式があると、本当に滅入ってしまう。ようするに、生きていくことが面倒なのだ。

そういうことをせず、今興味があるものに没頭していたい、と考えてしまう。だが、それでは死んでしまうかもしれないから、しかたなく、いやいや妥協し、騙《だま》し騙し生きるしかない。不自由このうえないのである。

歳を取って、だんだんそういった苛立《いらだ》ちが減少した。あまり急いで考えなくても良いのではないか、と諦めるようになった。自分の欲求を聞き流せるようになったのである。だから、老齢のこの頃になってようやく、落ち着いてきた。まあ、この程度で良いではないか、僕の人生は、と今は思えるようになった。

孤独を愛する日々

僕はスマホを持ち歩かない。模型やマイコンの制御に使っているだけで、電話としては使わない。ＳＮＳもしない。普段は書斎の書棚に置いたまま。緊急時に備えて、出かけるときにはバッグに入れるけれど、使ったことは一度もない。

庭仕事をしているときも携帯していないから、家族も僕を見失っているはず。僕も家族がどこにいるのか知らない。犬だけが、各自がどこにいるかを知っている。

森の中で一人で作業をしていると、孤独の楽しさをしみじみと感じる。誰も見ていないし、誰とも関係のないことを自分は今している、という充実感。つまり、自分は自分だけのために生きていることが確認できる。

ドライブが好きなのも、クルマという空間に一人だけでいる感覚のためだろう。ラジコン飛行機を飛ばしているときも、庭園鉄道を運転しているときも、工作室で旋盤を回しているときも、自分だけがここにいる、という感覚に浸れる。これが本当に楽しい。

ただ、作家として仕事を少しだけしている関係で、この文章のように他者に向けて自分

自宅は寒冷地仕様のためドアの密閉度が高い。湿度が高いと木材が膨張し開け閉めに力が必要になり、それこそ体当たりしないと開けられない。また、取っ手の金具から屋外の寒さが伝わるので、冬は毛糸のカバーをつけないと握れなくなる。

を曝《さら》け出す行為で対価を得ている。これが少々の不満ではある。引退して、このような発信を止めることができれば、もっと純粋な孤独の時間に満たされるだろう。

第35回　充実した人生に唯一必要なもの

長生きしたいのは何のため？

人生がどうあってほしいかという希望は、人それぞれだから、こういったテーマは語りにくい。有意義であってほしいか、楽しくあってほしいか、それとも自分の思うとおりであってほしいか、など抽象的な言葉で表現しても、いろいろバリエーションが考えられる。多くの人は、「どうだって良い」とまでは思っていないはずだ。むしろ逆に、苦しみたくないとか、平穏であってほしいとか、あるいは、平均的で普通ならばそれで良いと消極的に考える人もいるかもしれない。多数を対象にアンケートでも取らないかぎり実態はわからないし、アンケートなんかでわかるのかな、との疑問も残るだろう。

たいていの人は、「長生きしたい」と答えるかもしれない。たしかに、「早死にしたい」という意見はマイナだ。よほどの理由がないかぎり、早く死にたいとは考えないらしい。ただ、若いうちにやりたいことをやり尽くし、事故かなにかで、周囲から惜しまれて死にたい、と願う人はいるかもしれない。昔はそういうのを「太く短く」と表現したものだ。

さて、長生きしたいという願望は、どうして長生きが良いのかという点を曖昧にして、言葉だけが一人歩きしている。言葉が一人歩きする例は、一般に多岐にわたって非常に多い。ほとんどの人は、「長生きしたい理由」を具体的に考えていないように観察される。たとえば、「何歳まで生きたいか？」と追加の質問をすると、「平均寿命くらいは」と答える人が多く、「最低でも百歳まで」といった返答はむしろ少ないようだ。欲が深いことが嫌われる日本の文化かもしれない。

長生きしたいという願望には、実は、病気や怪我などで苦しみたくない、という意味が隠れている、と想像できる。やはり、なにごともなく平穏でいたい、それが幸せだというところへ行き着くようだ。しかし、こう問いたい。「だから、なにごともなく平穏な状況は何のためなのか？」

平穏な毎日、なにもトラブルがない日常、それはつまり、今現在の日々のことだろうか？　今が幸せで、これが未来にわたって、できるだけ継続してほしい、という願望だろうか。だとすれば、平凡な今の生活が人生の目標だったのだろうか？　不満はないのか。もっと望んでいること、欲しいものはないのか。

なんだか、人生というのは、生きなければならないノルマのようなもので、老齢になると、もう自分はノルマを果たした、これで充分だったはず、高望みはしない、ただ、もう少し生きていたい、といった心境のようにも想像される。皆さんは、いかがだろうか？

毎日はそれなりに楽しい？

心配事があったり、将来に向けて不安があったり、といった話は頻繁に耳にするけれど、これは不確定な未来を悲観的に観測しているものだ。悲観的観測は人間の本能的なものであり、動物よりも優れている能力といえる。その不安が現実となる確率がどれほどかで、人それぞれ具体的には大きく異なるが、しかし、今日を生きることができないほどには困っていない。自殺を具体的に考えるほどでもない。とりあえず、現代社会には、困窮している個人を助けるための制度が数々設けられている。たとえば、望ましくないことだが「借金」というシステムがあって、これで一時的に救われることが多い。もちろん、金では解決できない問題も多々あって、多くは愛情や憎悪のような感情的な対人関係に起因するものだろう。

たしかに、自殺をしたり、犯罪に手を染めたりといった人が、ある程度の割合存在する。ただ、ほとんどの人たちは、毎日を生きて、明日のための準備をする。まだ死にたくないと考えていて、危険を避ける行動を選択する。つまり、心配し不安を抱えていても、そんな毎日を続けたいと思っている。未来にはなにか良いことがあるのではないか、という希望的な観測もするだろう。そんな淡い期待のために身銭を切る（たとえば、宝くじを買う）。今は良くないけれど、良いことがいずれやってくるだろう、と妄想する。今は良くないけれど、最悪ではない。自分よりも困っている人たちがいるはずだ、とも考える。

長寿を願うのは、最悪ではない日々を長く続ければ、なにか今より良い状況が訪れるかもしれない、長いほどその確率は高くなるはずだ、といった観測による。ぼんやりと、そんなイメージというか、言葉にならない感覚を持っているはず。言葉にならないのは、言葉にしたことがないからで、そんな将来のことを他者に話すなんて恥ずかしい、といった気持ちが言語化を抑制している。

僕は、そういう日常というのが、ある種、幸せの一例なのではないか、と考えている。否、考えているというよりは、評価している、といった方が近い。もっといえば、心配や不安というのは、幸せを基準とした観測なのだ。現在が明らかに不幸ならば、さきの心配をする余裕さえなくなる。将来に対する不安は、むしろ小さく感じられるだろう。

人間の感性というのは、現在の絶対値ではなく、現在の変化率に支配されている。これは、たとえるなら、速度は体感できないが、加速度は感じることができるのと似ている。

逆にいえば、現在の状況がプラスかマイナスか、といった尺度は存在しない。幸福か不幸かは測れないのだ。ただ、どちらへ近づいているか、その変化だけが感知される。

明日を楽しくするための今日

幸せというのは何か、つまりそれは、楽しい時間のことだろう。では、どうすれば楽しくなるのか？　難しくはない、楽しいことをすれば良い。しかし、毎日そんなに楽しいことばかりがあるわけではない。朝目覚めて、今日は何があるか、と考えても、そんなに楽しいことはない。しなければならないこと、面倒でしたくないことばかりである。

多くの人は、面倒でしたくないことがなくなれば楽しくなれる、と考えているかもしれない。たとえば、週末がそうだ。仕事や学校へ行かなくても良い。無理に起きなくても良い。でも、それって楽しいものだろうか？

嫌なことをしなくても良い時間とは、楽しい時間ではない。楽しくなるためには、なにか楽しいことをしなくてはいけない。寝ているだけでは楽しくない。寝ることが楽しいという睡眠趣味の人はいるかもしれないけれど、いつまでも寝ていられるわけではない。

もし、あなたを楽しませてくれる人が近くにいるのなら、なにもしなくても良い。暇な時間がくれば、あなたは楽しめるだろう。子供のときは、親がそれをしてくれたかもしれない。しかし、そういう人がいない場合は、あなたが楽しめることを、あなたが準備しなくてはならない。そんな準備があって初めて、楽しい時間がやってくることになる。

そして、ここが一番大事な点だが、あなたは自分が何をすれば楽しく感じられるのかを知っている必要がある。それを知らないと、準備のしようがないからだ。

自分が楽しめることを普通は知っているのでは、と思われるかもしれない。本当にそうだろうか？　自分は何をすれば楽しめるのか、あなたは知っていますか？　ずばり、それは何か、今説明ができますか？

誰かと一緒になにかをして、おしゃべりをして、みんなで楽しくしたい、と答える人が多いかもしれない。そうではなく、あなたがしたいことを尋ねている。他者からしてもらいたいことではない。あなたがあなたのためにすることなのだ。

まず、自分が何をすれば良いかを考えること、これが一番。そして、そのために必要なものを準備すること、これが二番。少々面倒かもしれないけれど、それを考えて、実行すること。これが、明日を幸せにする方法である。

この一番というのは、別の言葉でいうと、「思想」である。そして、二番は、「計画」だ。人生を充実させるために最低限必要なものとは、思想と計画である。そして、補助的に必要なものとして、時間、資金、場所、他者、才能、努力、運、などがある。

「時間がない」「お金がない」と言い訳する人は、思想と計画を持っていない。運を天に任せる人生ともいえる。そうではない。あなたの運は、あなたに任されているのだ。

落葉で明るくなった庭園内を走る列車。毎年十一月には雪が降る。今年は降らないかな、と思っていたら、昨夜少しだけ降った。でも、朝から日差しが暖かいので、すぐに解けてしまった。雪が解けるのは今のうちだけ。

家族とのつき合いで社会を知る

僕の場合、仕事は社会から隔絶した環境だった。研究者も作家も個人的な活動なので、あまり他者を気にする必要がない。他者の機嫌を窺《うかが》ったり、周囲が自分をどう思っているかを気遣ったりしないでも良い。ただ、大学生だけは例外で、お客様なので親切を心がけた。

こういうひねくれた人間だから、社会というものは、主に家庭で学んだといえる。特に、奥様（あえて敬称）とのつき合いが、最も勉強になった。彼女と接する過程で学び、反省し、自分を変えるように努めた。まあ、それでこんなに丸くなった（この程度にしか丸くならなかった）のである。

奥様の方も、僕とつき合って学習した様子である。たとえば、僕が指導的な意見を述べても、微笑みながら聞き流す。聞いているようで全然頭に入れていない。若い頃の彼女だったら、人から指図されるのが大嫌いで、かちんときたはずだ。今では、滅多に怒らない。人間ができている。新書で、「聞き流す力」を執筆できるほどだ。

先日、丸いケーキを五人で食べる機会があり、包丁を彼女が手に持ち、人数を確認してからケーキを切ろうとした。僕は、「直径を切ったら駄目だよ」とアドバイスしたが、彼女は頷きながらケーキをまず半分にした。そのあと、えっと、と考えて、どうすれば五等分できるか、と考えたようだった。世間の多くの人は、このように、ちょっとなにかしてから考える傾向がある。ちょっと考えてからなにかするようにしてほしい。

第36回

ＡＩが活躍する未来って？

すべてを想定しなければ処理できない

ＡＩという言葉が世間に広まったのは、まだ最近のことのように思う。これは「人工知能」と訳される。コンピュータが作り出す知能であり、コンピュータは自然ではなく人工だから、そう呼ばれるわけだが、では「知能」とは何か、というと、的確に答えることが意外に難しい。辞書によると、「知識と才能」とか、「知性の程度」、あるいは「環境に適応し、新しい問題状況に対処する知的機能・能力」などとある。

コンピュータ自体が、僕が子供の頃には「電子頭脳」と呼ばれていた。しばらくすると、「電子計算機」が一般的な名称になる。ネットが普及する以前に、「人工現実」が話題になり、場合によっては「仮想現実」とも呼ばれた。これらの影響からか、「知能」についても、「人工」「電子」「仮想」を前につけ、コンピュータによって、人間のような対応ができるシステムが、近い将来に実現すると技術者たちは考えていた。

「知能」「知性」「知恵」「知識」など、いろいろな名称があるが、それぞれ微妙に違っている。わかりやすいのは「知識」である。これは、記憶されたデータのこと。つまり、覚えられる記号ともいえる。一方、「知能」は、論理を展開する能力に近い意味だろう。コンピュータは、データを記憶する装置であり、そのデータを数式や理屈に応じて展開、すなわち計算することに長《た》けている。

ところが、人と会話をしたり、問題点を指摘したり、状況を把握してなんらかの判断をする、といった作業は、計算よりは複雑で、人間の能力に追いつくことは難しい、と最初の頃には考えられていた。

僕が二十代の頃には、コンピュータがまだ文字をすらすらと読むことができなかった。人の顔を識別すること、人が書いた文字を判別すること、人が話す言葉を聞き取ること、自動車を運転すること、すべてコンピュータには無理だといわれていた。これらを、一般的なプログラムによって処理するには、あまりにも複雑すぎたからだ。

僕自身、研究以外で、会話をするプログラム、点字を読むプログラム、スプレッドシート、ドロー作画、パースペクティブ作画、ゲームだったら、ロールプレイング、野球、玉突き、オセロの対戦、などをプログラミングした経験がある。かなりのめり込んでいた時期があった。プログラムを組むためには、想定されるすべての条件に対する対処を決めておかなければならない。人間が簡単にできるようなことでも、起こりうる条件が多岐にわたれば、それらのすべてを想定することは困難だった。

知性とは知識ではない

すべての事象に対し、すべての条件、すべての場合の詳細について知っていれば、それらに対する処理が可能になる。これをプログラムすれば、コンピュータに仕事が任せることができる。このためには、すべてを数値化し、データとして取り扱うことが必要だ。この処理システムで、ほとんどの機械が自動で働いている。

データというのは、コンピュータの知識である。より多く、そして詳細なデータを持っているコンピュータが有能となる。機械は、人間のようにうっかりミスをしない。

ただし、データとして「知っている」条件以外の事象に遭遇すると、どうして良いのかわからない。少しでも違っていれば、それを認識できず、したがって対処できなくなる。過去に例のない問題は、解決することができない。

「知識」というものを応用する能力が、「知能」である。そして、応用するためには、従来のプログラムのような決められたルーチンによる判断ではなく、似た事例からの連想、あるいは、これまでになかった方向性の発想が求められるだろう。これができる処理系を「知能」あるいは「知性」と呼んでいるようだ。

コンピュータがこの「知能」を身につけようとしている。人間が仕込んだ処理システムであるプログラムではなく、処理と結果の事例から学習することで、「知能」が構築される。人工知能のことを、かつては「構築知能」と呼んだこともあった。現在、世間で話題になっているAIは、このような（学習によって自己構築される）システムである。

ただ、AIの学習を補助するために、人間が関わっている。学んだ事柄が、どの程度信頼できるものか、重要度はどれくらいなのか、は学び始めた頃にはわからない。たとえば、事例が多いとか、新しいとか、重要な人物の発言だとか、データの重みは等しくない。これらをどのように補正するのか、そこに開発者や、学びの支援をするグループの介入がある。それができるように、あらかじめプログラムされている。

ある程度まで育ったAIは、こうした支援がなくても自己評価を行うことができるようになる。ただ、何が重要か、何が正しいか、は一定ではない。場所や時間、あるいは受け取る人間によっても異なる。この辺りも含めて、それらを総合的に学び、未来を予測し、自分を常に更新するような知性が、本物のAIといえる。

的確な質問をする能力

ネットが普及したため、一般的な人間がどのような会話をするか、どんな理屈や知識を披露し、議論をするのか、そういったデータがデジタル上で爆発的に増加した。したがって、これらを学んで、人間のように会話ができるＡＩを構築することは比較的簡単になった。データの数は多い方が良い。学ぶ速度はいくらでも高めることができる。

一方で、たとえば、なにかの専門家とか、先端技術の研究者どうしの会話というのは、データとして多くは流通していない。論文は一方的であり、学会で行われる質問や議論も極めて少数だ。なにしろ、最先端になるほど、それに関わっている人が少ない。このような条件では、さすがのコンピュータも学ぶ機会が得られない。だから、専門的な会話になると、とたんに馬脚を露《あらわ》すという仕様になってしまう。

僕はかつて、ＡＩは答えるのは得意だが、質問が上手《うま》くできない、と書いたことがある。これに対して、ＡＩでも的確な質問ができるようになった、と反論したい人も多いことだろう。だが、僕がいいたい「的確な質問」というのは、記者会見で芸能レポータや記者たちが発するような質問ではない。その程度のものは、誰でもできる問いかけである。何故なら、誰もが知りたいことだからだ。そうではなく、誰も知ろうとしなかったこと、誰も疑問に思わなかったことを問う能力こそが重要で、これが「的確な質問」というものだ。その質問によって、初めて新たな議論が湧き起こり、あるときは新たな展開、発見、発明に結びつく。このような質問をＡＩができるようになるには、もう少し時間がかかりそうだな、と感じている。

プログラムよりもＡＩが優れている理由は、無関係のデータも学ぶ対象にしている点にある。プログラムは、予想された条件しか考慮していないのに対して、ＡＩは無関係なデータから類似の関連を導くことができる。ただ、無関係なものを関連づけると、その出力に対して、人間が拒絶するだろう。そこで、そのリンクの重みが減少する。そうこうするうちに、ＡＩはどんどん常識的になり、ある意味で天才的な発想ができない普通の頭脳になってしまう。

また、ＡＩの欠点は、今現在存在するデータからしか学べないことだ。特に、関係の深いデータを選別して学ばせるから、当然そういった仕様になる。人間は、仕事とはまったく関係のない知識を大量に取り入れる。たとえば、趣味の知識などがそうだ。そして、それら無関係な知識からの連想が、ときには有益な、そして新しい発想を生む。このような無関係の体験を、ＡＩも今後はより広く取り入れることになるはずだ。

コンピュータから離れた生活

仕事で散々コンピュータを使ったからか、今ではなるべく近づかないように、自然に気持ちが働く。もちろん、書斎のデスクには五台のノートパソコンが並んでいて、常時最低三台は稼働している。スマホは滅多に使わないけれど、パソコンのモニタから二時間以上離れるのは睡眠中だけ。

プログラムもほとんどしなくて良くなってしまった。ラズベリィパイとかのマイコンを模型に使う程度で、それもだんだん面倒になってきた。歳のせいかもしれない。

文章を書くことと、世界の動向を覗《のぞ》くことにパソコンを使っているだけだから、ＡＩのことなんて、僕にはどうでも良くなってしまった。若いときにあんなに考えたのに、興味はすっかり消えてしまった、といったところか。まあ、でも、こういうのは若い頭脳でしか扱えない対象だともいえそうだ。

これからさき、ＡＩが人間の仕事を肩代わりしてくれる。人間よりも使いものになるのは確実だから、そういう社会にシフトすることは避けられない。知識を問うテストで良い点が取れる人も、今後は条件の良い仕事に就《つ》けなくなるから、教育システムそのものが変革される必要があるだろう。

もっと道徳的なことや、情緒教育にウェイトが移る。人間は穏やかになって、遊んで暮らせば良い。客観的に眺めても、今現在既にそれに近い社会になりつつあるように観察される。格差は広がるけれど、その不満を抑えるために、擬似的な仕事（のようなもの）が福祉的な観点から提供されるようにもなるだろう。そんな未来が見えてくる。

庭園内では自由行動の二人。同じ犬種（シェルティ）だが、大きさは倍以上異なる。右も、標準よりも大きめなのだが、僕が担当の左の方が体重が倍以上ある。右が歳上なので、力関係では絶対的存在。

第37回

他者に期待する世代の夢

他者の範囲が広くなっただけではない

最近のネット社会を観察していると、その中の多くの人たちが他者に期待しているのが容易に観察できる。もともと、他者に期待するというのは、信頼や仲間意識という意味で、個人どうしのリンクの基本的な要素といえるが、かつての「他者」と比較すると、現在の「他者」はだいぶ異なっているように見受けられる。

そもそも、個人が生きていくためには他者の力が必要である。動物の中でも、人間ほど幼児や子供である時間が長いものはいない。誰もが、他者によって生かされ、育てられて成長する。成人したのちも、人間関係はもちろん続く。家族や友人をはじめ、仕事関係の仲間、先生や先輩など、多大な恩恵を他者から得ることはまちがいない。

一方で、ほとんどのトラブルもまた、人間関係から生じる。他者を妬《ねた》み、蔑《さげす》み、憎むようなことも少なくない。そういったものから逃れられずに、自分の人生が他者によって壊されると考える人もいる。

これまでの社会では、主として自分が所属するグループ内で人間関係が生じていた。それ以外には関係が作れなかったからだ。もちろん、直接会う人以外でも、たとえば同じ研究をしている研究者とは情報のアクセスがある。しかし、これは学会というグループ内といえる。また、作家と読者の関係も、ある意味非接触の人間関係だが、これも一種のグループと見なせる。

手紙や電話でコミュニケーションが取れるようになり、しだいに大きなグループにおける関係が結ばれるようになる。そして、数十年まえにインターネットが普及した。既に三十年以上になるが、最初はメールがその主な手段となり、コンピュータを扱える人に限られていたので、やはりグループ内での人間関係として分類できただろう。ここまでは、グループの定義として同じであり、なんら変化していない。

しかし、現在のネットのグループにおいて特徴的な要素は、「評価」であり、それが数字になって認知されている点にある。この種のものは、以前は「投票」しかなかった。一般の人は、滅多に投票の対象にはならない。せいぜい、生徒会長を決めるとか、少人数で多数決を取るときくらいだ。点数で評価されるといえば、テストや成績だが、これらは多数の意見ではなく、ルールに基づいた計算結果でしかなかった。

今は違う。大勢の、それも会ったこともない不特定の他者から、まるで試験のように、投票のように評価される。個人が品定めされる世の中になった、ということ。しかも、このような環境は十年ほどの短い期間に成立し、多くの人たちが急速にその境遇へシフトし、無意識のうちに甘んじている。甘んじるほかない、と感じているのだろう。

絆《きずな》がない少数派は本当に少数か？

社会では、他者との結びつきが求められる。他者の気持ちを察し、親切、気配り、丁寧な対応が求められ、そのように振る舞うことが「道徳的」だと教えられる。また、道徳的に振る舞えば、自身も気持ちが良くなるとも教えられる。たしかにそのとおりかもしれない。しかし、そんなわざとらしい演技が好きになれない子供もいるだろう。反抗期と呼ばれる若者たちはきっと素直に、あるいは恥ずかしくて、反発するのかもしれない。

身近なグループに上手《うま》く溶け込めない子供もいる。ほんのちょっとした価値観の差や、ほんの少しの身体的な問題から、疎外感を抱き、あるときは実際に排除的な扱いを受ける。いわゆる、「いじめ」である。

これに対して、日本人の多くが、いじめる子は悪い、しかし、いじめられる子にも、なんらかの問題がある、と認識している。実際に、そういう話を方々で聞く。そして、自分の子供には、いじめられないように、周りの子供たちと「仲良く」しなさい、と教えるのだ。これはつまり、「仲良く」しない子、「仲良く」できない子は悪い、との指導といえるだろう。大人になっても、ちょっと変わった人に出会うと、「あいつとは友達になれないな」と軽い気持ちで抵抗なく発言する人がいる。その人は、相手が「仲良く」しないことを非難しているのである。

「絆」を強調し、心を一つにすることを美化する演出を、マスコミは何故ここまで執拗《しつよう》に大衆に見せるのか？　それを疑ったことはないだろうか？　大勢を洗脳し、同じタイプの人間だけが社会の正会員だとでも主張しているようだ。これが「道徳」というものだろうか？　こんな統一的なスローガンに息苦しさを感じる人がきっといる。たとえ少数であっても、日本中にいるはずである。もちろん、僕はその少数派の一人だ。

さらに感じるのは、本当に少数派なのだろうか、という点である。僕は、このような演出に嫌気が差すものの、大っぴらに反発するほどでもないと考えている。なにしろ、適当に微笑《ほほえ》んでいれば角《かど》が立たないし、むしろ絡《から》んで反対する方が面倒だからだ。僕のことをよく知らない人には、僕は普通の多数派に見えるだろう。つまり、少数派の多くは、目立たないように多数派に溶け込み、隠れている可能性が高い。もしかして少数派は、それほど少数ではないかもしれないのだ。意外と多くの人が、しかたなく、我慢しつつ、「日本の文化だから」とつき合っているのではないか。

他者に期待して自分の夢を諦める

仲間や友達が人生において最重要な存在だ、と教えられた（あるいは洗脳された）人たちは、とにかく他者を大事にする、というよりも他者に期待している。周囲から自分は応援されたい、周囲は自分を救ってくれる、と信じている。そのために、「元気をもらいたい」「元気を与えたい」というアピールをする。そんなに「元気」が余っているなら、自分のために使いなさいよ、とこっそり耳打ちしたくなるほどだ。

知らず知らずのうちに他者に期待する人が増えているように思える。なにかというと、ネットに上げて、みんなの意見を聞きたがる。自分一人では怒ることもできず、みんな一緒になって憤慨してもらいたい。ネットでバズることを期待し、自身の感情は抑制されているのかもしれない。

こうした人生が長く続くと、どうなるだろう？　まだネットは普及して十数年だが、これが数十年になり、人生の大半を占めることになったら、その人は、過度にネット依存となり、周辺の期待ばかりを求めて膨らみ、本来中心にあるはずの自身の人生は空洞化するだろう。イメージされるのは、ハリボテの人生である。

見かけを大きく見せようとする人生ともいえる。自身の望み、自身の願いを超えて、周囲の人の目を気にした人生になる。大きくなるほど、中身が空っぽになるので、そのうち、いったい自分は何を望んでいたのかも忘れてしまうだろう。

やりたいことが、かつてはあった。楽しいことが、以前はあった。それが、今はない。何故なのか。あの人が駄目だという。忙しくて時間がない。みんなが認めてくれない。いろいろな理由が周りをさらに固める。それらはおおむね、誰かが悪い、時代が悪い、政治が悪い、という結論へ行き着く。そうなるのは、誰かに期待し、時代に期待し、政治に期待していたからにほかならない。

他者に期待することで、自分がやるべきことを忘れ、同時に自分の夢を諦める。諦めるというよりも、面倒だから放棄するような感じか。

「どうしたら良いでしょうか?」と誰かに縋《すが》る。すると、「こうしなさい」と教えられる。しかし、そんなふうにはできない、と感じる。「あなただからできるのであって、私にはできない」と言い張る。それがわかっているのなら、最初から尋ねない方が良いのでは?

僕は小説を書いて、作家になって、自分の夢を実現した。小説を書くときに、ネットなんかしなかった。誰にも話さなかった。誰にも相談しなかった。家族にも内緒だった。こっそり実行しただけだ。自分の人生なのだから、ほかのことをする暇なんて、なかったのだ。

落葉掃除とドライブ

今年の落葉掃除は、約四十日ほどで無事終了した。短期間で済んだ原因の一つは、好天が続き、落葉の焼却が高効率に進展したこと。当地は、雨や雪は夜に降る。だいたい昼間は晴れている。好天というのは主に風のことで、落葉の焼却に適した風向と風力があり、それがちょうど良かったのだ。原因の二つめは、奥様（あえて敬称）と長女の手伝いがあったこと。昨年までは、これほどまでに参加しなかった二人だが、お願いしたわけでもないのに、今年は積極的に手伝ってくれた。一言でいうと、どういう風の吹き回しか、と不思議だ。

この落葉掃除で三キロほど体重が減った。日頃、犬の散歩くらいしか運動をしていないから、少しの肉体労働で痩せられることがわかった。ランニングくらいはした方が良いかもしれないけれど、これからは氷点下の毎日になるので、また春になったら考えよう。

空が高くなり、遠くの風景が鮮明になった。クラシックカーでドライブするのに良い季節である。日頃から整備していて、不具合はない。例外といえば、フォグランプがお辞儀をしていたくらいで、これはレンチですぐ直った。エンジンの調子も良く、これまでで一番好調。購入して既に五年、一万キロほど走っている。エンジンの吹き上がりも最初の頃

自動車に乗ることがなによりも好きな彼だが、庭園鉄道にも積極的に乗りたがる。走っていると近づいてきてアピールする。乗せてやると停車しても降りようとしない。誰に似たのか、乗りもの好きのオタクである。

に比べて滑らかになった。

もうすぐ二〇二四年も終わり。今年はまずまず健康で良い一年だった。昨年は、救急搬送が二回もあったり、奥様は怪我で松葉杖を使用。犬たちも、昨年末は感染性の腸炎になった。今年は平穏である。小説を書かなかったことが功を奏したのでは、とも考えている。

第38回　複雑すぎる制度が多すぎる

昔は感じが悪かった駅と役所

若者たちは知らないかもしれないが、僕が若かった頃の駅や役所というのは、実に感じが悪かった。JRは、以前は国鉄といって、つまり国が経営していたから、役所と同じだ。そういうところは、窓口でサービスする人が無愛想で、にこりともせず、横柄な口をきいたものだ。「お前たち庶民にサービスしてやっているんだ」みたいな態度だった。

平均的に見ると、一般のお店もけっこう店員の態度が悪く、威張っているところが多々あったと思う。「売ってやっているんだ」「嫌なら、ほかの店へ行ってくれ」といわんばかりである。

このようになるのは、売る方が偉い、という感覚からだろう。社会に商品が足りていなかった。供給が追いつかない時代だったのだ。その店で買わなければ手に入らない。だから、頭を下げて売ってもらう。そういう関係が普通だった。

今はそうではない。需要と供給はこの反対の関係になった。商品も店も沢山ある。どこでなにを買っても良い。必要なものは、お金さえ払えば手に入る時代。これが当たり前だ、と今の若者は感じるかもしれないが、昔のことを知っている世代にとっては、これだけで幸せな状況だ、と感じる。

大阪で万博があったのは、僕が小学六年生の頃だが、このテーマソングを歌った歌手の「お客様は神様です」というキャッチフレーズが広まった。一九七〇年のことだ。この頃から、買う方、つまりお金を出す方が偉い、というような価値観が浸透したようだ。

最近、客が横柄な態度で定員を脅《おど》すカスハラが問題になっている。「金を払っているんだ」と、客の方が立場が上だと感じさせる時代が何十年か続いていたのは確かである。これはたとえば、「税金を払っているのは俺たちだ」といった文句にも通じるだろう。だいたい、こういった発言をする人ほど、大した金額を払っていないのは皮肉なことである。

公務員は「公僕」だ、と小学校で習った。そのわりに、役所も国鉄も威張っているな、と子供のときに感じた。そして、僕も二十四歳で国家公務員になった。案の定、「俺の払った税金で食っているだろう?」といわれたことが数回ある。反論しなかったが、心の中ではこう返答していた。「そう、たしかに。計算すると、君からもらっているのは一円以下になる。今、ここでそれを返そうか?」

もう少し最近の話。都会に住んでいたが、お店では店員に対して丁寧な言葉遣いをしていた。「〇〇を下さい」という具合に。ところが、田舎《いなか》へ行くと、客は店員に丁寧語を使わない。「〇〇くれ」という。田舎の喫茶店で「コーヒーお願いします」と注文したら、店員に笑われたことがある。どうして客がそんな言葉遣いをするのか、という文化が田舎にはある。

複雑化するルールと税制

さて、大まかにいうと、都会の方が人々は礼儀正しい。たとえば、行列に並んで、静かにしている。電車でも大声で話さない。エスカレータも片側に立つ。これを、都会人は「マナー」だという。田舎には、そういった文化はない。静かに黙っていたら、変な奴だと警戒される。親しい人を早く作らないと、いつまでも仲間に入れてもらえない。

どちらが面倒なことか、という点で都会と田舎の人々の傾向が分かれる。というよりも、プライバシィを尊重しマナーを守る人が都会に集まり、フレンドリィでいつも周囲に気を配れる人が田舎に残る、ということかもしれない。都会の人口はどんどん増加し、田舎は過疎になっているのを見ると、フレンドリィよりはプライバシィを選ぶ人が多数なのかも、と感じられる。

同時に、マナーはどんどん明文化され、各種のハラスメントが違法となりつつある。法律というルール化が本来、個人を守るシールドとして作られているので、同じ方向性だといえる。問題は、期せずしてあらゆるものが複雑化していくことだろう。同時に、協力を求めるもの、望ましいもの、ではなく、いけないものに「罰則」を定める必要が生じる。「迷惑な行為」という概念は単純であっても、これを文章で規定すると複雑になる。具体的に、どんな行為、どんな条件が反則なのかを定め、受ける迷惑は「被害」として判別しなければならない。たとえ厳密に定めても、言葉自体になお曖昧性が残り、裁判沙汰になったりする。

たとえば、税制が一般の人には理解し難《がた》いほど複雑になっている。確定申告をしろ、と強制されているけれど、多くの人にとって、非常に難しい。適当に書いて提出すると、不足している部分は指摘され、あるときは脱税だと追及される。しかし、払いすぎている場合には、税務署はなにも指摘しない。こんな免税措置があります、こんな補助があります、といった案内はされない。そういう方針のようだ。

最近話題になっている百三万円の壁も、どうして壁なんかできるのか、もっと滑らかに、つまり微分したら連続となるようなルールで課税すれば良いだけだ。不連続な点を作るから「壁」になる。財務省には数学の専門家がいないのだろうか。

そもそも、「減税」をするのに、「財源」が話題になることが不可思議だ。だったら、増税するときに国民の財源を何故議論しなかったのか？　税金で集まった額から予算を決めて配分する。減税したら、その予算が削減されるだけで、なにかができなくなるのは当然だ。そもそも、予算が減少する場合に備えて、余ったときに貯金しておいたらどうか？　国民には、老後に備えて貯金しろ、投資しろという。国も自治体も率先して貯金しておくのが常識的だろう。集めた分を全部（それ以上に）使う神経が既に異常だ。

もっとシンプルにならないものか？

いささか話題が逸《そ》れてしまった。税制の話は具体的すぎた。一般的に、あるいは抽象的に書けば、昔は、「以前からずっとこうだった」「誰だって知っているだろう」「変なことをする奴は村八分になるぞ」などというローカルなルールが蔓延《はびこ》っていた。良いことと悪いことは、なんとなく共有されているだけで、その境界は曖昧だった。争いが起こった場合には、長老のような人が独断で判定した。

社会は、近代、現代とどんどん大きくなっている。グローバル化したともいえる。ローカルだと思っているものも、知らないうちに拡大した。ネットによって、経済によって、関係は広がっているのである。言葉が通じない人が身近にいる、そういう人たちと一緒に仕事をする、というのが当たり前になった。今は過渡期かもしれないが、逆戻りする可能性は低い。

そうした環境のため、ルールは明文化され、必然的に複雑化してきた。十把一絡《じっぱひとから》げにできないからだ。どうしても、細かい規定を作る必要があり、それでも、例外的なものが生じる。これに対応して、さらに新しい制度を定める。という具合で、細かく区切って、場合分けし、さまざまな手当を作り、一方で免税か補助金かとなる。この細かい場合分けの境界に、壁が際限なく生じる結果となった。

コロナ騒動のときに、国民にマスクを配布しようとしたが、政府は国民の住所さえ把握していない。補助金を届けたくても、銀行口座もわからない。常に国民に取りにこい、申請しろ、という具合でこれまで切り抜けてきたからだ。ようやく、マイナカードを普及させたものの、これも反対されてしまう。紐《ひも》づけされることへの抵抗感があるらしい。だが、紐づけされていないから、今みたいな複雑さになった。この複雑さのために、役所も税務署も大勢の人員が必要となり、各所でまた権益を守ろうとする。

日本人は、ルールというものが苦手で、そんな規制ではなく、みんなが自らすすんで気持ち良くマナーを守る、「お願い」と「遠慮」の人間関係が好きなのだ。でも、もうそろそろ、それが通じなくなっている現実がある。「日本人」というものが、もう昔の日本人とは別の集団になっているのだから。

地面が白くなっているのは、夜にほんの少し雪が降ったから。この程度では積雪とはいわず、霜と同じものだと見なされる。このまえまで咲いていた紫陽花《あじさい》が、葉を落としドライフラワになって残っている。

ネットのモラルはこれから

では、今後はどうしたら良いのか？　少なくとも、迷惑な人の動画を撮ってアップするだけで責任を果たした気になるのは、いかがかと思われる。実害があるのなら、まずは警察に相談する。実害がないのなら、家族か友人に話す程度にする。たぶん、警察は忙しいから、細かいことに関わっていられないだろう。フードを被っていたり、車も盗難車だったりするから、捜査はそこでストップする。

「こういう迷惑な人は、反省してほしい」といった願望は無意味だ。何故なら、迷惑を楽しんでいる人には、応援にしかならないから。みんなに騒いでほしいからやっている。一番良いのは「無視」だろう。

もともと、日本人は古来これをしてきた。迷惑には目を逸らす、相手にしない、無視する、という対処が普通だった。それが暗黙のルールだったのだ。実はこれが一番、相手にはダメージを与える。長い年月でそれを学び、踏襲してきたのだろう。ネット文化はまだ新しく、数々の対処法が整っていない。今後は自然に落ち着くところへ向かうものと予想している。

ネットに上げて、みんなで眉を顰《ひそ》めるキャンペーンをして、それでなんとなく満足でき、共感が得られたと感じるとしたら、ちょっと不思議な感覚といえる。おそらく、友達に話すネタにする、というのと同じ心理なのかな、と想像するけれど、やや不健全な気もしないではない。べつに健全であれといっているのではない。誰もが、ある程度は不健全だから、とやかくいうほどのことでもないか。とにかく、複雑な社会になったものだ。

第39回

作家（仕事）を引退しました

しばらく小説を書いていない作家

今年（二〇二四年）は、ついに小説を一作も執筆しなかった。昨年の秋に書いたのが最後となった。したがって、今年発行された小説は一作のみ。あとは、文庫化とか、エッセィだけだ。また、いわゆるハウツーものの新書の執筆も自分では終了したと考えていて、もう予定はない。ただ、今年は一作だけ「新版」というリニューアルでの発行があった。ゲラをいちおう見直したけれど、直すところがなく、ほぼ内容は同じものだ。

今年の執筆は、この本に収録される連載エッセィと、年末に出るやはりエッセィの書き下ろしだけ。ほとんど毎日、作家としての仕事をしなかった。執筆を減らせば、出る本の数が減り、必然的にゲラを確認する作業が減る。このような減少の連鎖が二、三年遅れて訪れるので、ようやくこの頃になって、仕事量が減ったと実感できるようになった。とても嬉しい。体調にも良いし、いろいろやりたいことをする時間が取れる。

歳を取ってきたから、不健康な部分が出るのは当然だし、もともと躰《からだ》が弱い方なので、持久力がなく、疲れやすい。小説の執筆は、目が一番疲れる。目が疲れると頭が痛くなる。頭が痛くなると、首や肩が凝《こ》る。躰中にどーんとした鈍い痛みが広がっていくみたいになって、数日もこれが続くから、ほかの活動に支障をきたす。残りの人生も僅かなのだから、もう少しゆったりと過ごしたい。そういう気持ちで、執筆をやめようと思ったのが、もうかれこれ十年以上まえになるか。

僕の傾向だが、なんでも早めに手を打つ。自分の計画が周囲に影響する場合には、関わりのある人に周知してもらうように早い時期から根回しをする。この点が、僕と奥様（あえて敬称）の最も大きな相違点である。彼女は、思いついたときに突然周囲に告げ、もし周囲が反対したら、あっさり自分の発案を取り下げる、という気配りをする。僕の場合、その取り下げること、つまり自分の予定を変更するのが嫌なので根回しをするのだ。僕の方が我を通すわけで、ようするに我儘《わがまま》だからである。

小説家の仕事の場合、周囲の関係者は、編集者しかいない。出版社とは、執筆した作品を発行するときに契約書を交わすけれど、未来の予定については、口約束しかない。僕は一年さきまで予定を共有し、これまでに一度も約束に遅れたことはない。今回も、一年まえに既に、来年は本が出ないだろう、とは話していた。

また、読者も仕事の関係者といえる。契約や約束はないけれど、発表した予定は、一種の約束だから、守らないといけないだろう。だが、それ以上のものではない。僕の場合、ここ十年ほど、引退するといい続け、きちんと根回ししてきたつもりである。

仕事をやめて得られた自由時間は?

若いときは一度に沢山のことをしていたようだ。今思い出すと、無理をしていたな、と感じるけれど、当時はなんとかなった。たとえば、睡眠時間が今の半分くらいだった。興味の対象も多く、あれもこれもと手を出した。仕事でも遊びでもどちらも。たとえば、大学に勤務していたのに作家の仕事をしていた。毎月二冊も本が出るくらい忙しかった時期もある。人と会う機会も多く、しょっちゅう新幹線に乗っていたように思う。

一日の時間は相変わらず二十四時間だ。睡眠時間が長くなったとはいえ、ほかにやっていることに変化はあまりない。作家の仕事は、デビュー当時は、一日に三時間くらいだった。それが、二時間、一時間と減り続け、最近は平均すると三十分以下になった。ここ一年間ほどは、平均で十五分くらいだった。仕事をしない日がほとんどで、集中して作業をするときでも一時間か二時間。そういう日は週に一日あるかないか、という具合。

したがって、毎日三時間以上、自由になる時間が増えた。一方で、睡眠時間はかつてより二時間は長くなっている。また、いろいろな仕事が以前に比べて増えている。まず、七年まえから、僕が面倒を見ることになった犬の存在が大きい。毎日二度の散歩やご飯の用意をしなければならない。三週間に一度のシャンプーや、ほぼ毎日のブラッシングもある。こうしたことを考慮すると、作家の仕事が減った分は、睡眠と犬に奪われていることになる。

また、歳を取って、いろいろな処理が遅くなっている。知らぬ間に行方不明になったメガネや時計を探し回ったり、うっかり壊してしまった模型を修理したり、庭仕事の道具を整備したり、といったことに取られる時間は馬鹿にならないほど増えている。というか、人間は歳を取ると、馬鹿にならないほど馬鹿になるのだ。

そういうわけで、作家をやめたからといって、生活に余裕が出るようなことはありえない。ただ、精神的にはずいぶん楽になったといえる。それは、作家の仕事は他者と関わりがあるけれど、犬の世話や庭仕事などは、誰かと約束したものでもなく、他者に気を遣う必要がなくノーストレスだからだ。この違いは思いの外、大きいといえる。

もともと、目眩《めまい》の持病があるけれど、執筆をしないだけで目の疲れがなくなり、体調は非常に良好となった。執筆の作業や頭を使うことが問題ではなく、他者との関わりが精神的なストレスだったといえる。今は、ずいぶん改善された。この状態なら、しばらく生きていられるかもしれない、という驕《おご》り高ぶった心持ちになっている。

インプットが増えて楽しい

この四年ほどは、とにかく海外ドラマをよく見ている。ネットで無料だからだ。二十四インチのディスプレィで日本語字幕を表示させている。英語ならだいたいわかるけれど、英語以外はまったくわからない。ドイツ語を大学で学んだけれど、どちらかというと、フランス語の方がなんとなくわかる。

今日は、ドラマ版の『カササギ殺人事件』を見終わった。一話四十五分の六連作なので、六日間で見た。夕食後にドラマを書斎で見る習慣である。このドラマでは、人気ミステリィ作家がいやいや小説を書いている。本当は純文学が書きたいのだが、読者も編集者もミステリィを当然のように要求する、といったあらすじだった。

ミステリィを好む人たちは、オチがすべて、どんでん返し、意外な結末がなければ読む意味がない、と考える。しかし、作家はもう少し自由な創作をしたい。小説の魅力はもっと幅広いもののはずだ、と考えるだろう。一度そう思うと、ミステリィほどお決まりのものはない。制限がありすぎて、意外性や新しさを作りにくいジャンルなのだ。僕は自分を芸術家だとは認識していないので、このようなジレンマはなかった。しかし、アーティストだったら、創作の自由を切望するだろう、とは想像する。

ミステリィというジャンルは、実はオチが決まりきっていて、意外性がなく、とにかく安心して見ていられるエンタテインメントだな、とドラマを見て感じる。夕食後のリラクゼーションタイムに向いている。椅子の背にもたれ、ぼうっと見ているだけで話が進み、決まった時間で完結し、精神安定上よろしい。こんなに安楽な時間はない。悩んだり、焦《あせ》ったり、悔《く》やんだり、後悔することもない。失敗がない時間だ。安心安全の最たるものといえる。インプットは、アウトプットに比べて、実に健康的なのである。

ミステリィの読者は、この安楽の時間を求めているのだな、と再認識した。ただ、僕はもうそういうものを提供できない。誰か別の人に提供してもらう側になった。

当然ながら、供給する側は楽ではない。その代わり利益が得られる。受ける側は少額の出費で楽しい時間をもらえる。そういった関係だ。

研究者をしていた頃は、学生が目の前にいる消費者だった。それ以外には、消費者が見えない。実は、未来に向けてなんらかの価値を生産する行為が研究というものであり、いつ何の役に立つのかは、ぼんやりとしかわからない。したがって、研究者から作家になって初めて、需要の全体像を感じることができた。もちろん、著作権の場合、需要は未来にもあるけれど。

とりあえず、残りの人生は、インプットという気楽な楽しさに浸り、アウトプットの醍《だい》醐《ご》味《み》は、主として工作で味わいたい。

フィクションを楽しむ条件

ミステリィのドラマを楽しむ場合、自分がミステリィを書く仕事をしていたら、これほど楽しめなかっただろう、と思う。つい、創作のことを考えてしまうからだ。今は、その心配がないので、フィクションの世界にすんなりと入ることができる。おそらく、評論家なども同じではないか、と想像する。評論をしなければならない、と頭に過《よぎ》ると、物語の中から排除されてしまう。

僕が、自分の趣味を活《い》かして、模型店を経営していたり、模型のメーカとして製品開発に携わっていたら、自分の楽しみで模型が続けられなかったかもしれない。楽しみというのは、それくらい純粋なものであり、邪念が入り込まない方がよろしい、という話。

ドラマを沢山見ているから、おすすめのドラマについて書いても良いのだが、それを考えると、もう素直にドラマの世界に入れない、という理屈になる。小説を読んで、感想文を書くのも、小説を読む楽しみをきっと減少させるだろう。僕の感覚ではそうなる。

人にすすめる、という行為がそもそも僕は嫌いで、そんな立場になりたくない。親しい人と対面で話すときならば良いけれど、一般の方で、しかも多数を相手に語ることには無理がある。僕自身、人からすすめられたものを手に取るようなことは絶対にしない。その

サンルームには大きなガラスのテーブルがあって、天板のガラス板の重さが二百キロもある。その上に置かれた万華鏡とラジオメータ。透けて見えるのはタイルの床。窓の外の樹々も映っている。

人がすすめてきた、というイメージが先入観になってしまうからだ。
純粋を保つためには、混ざらないように細心の注意が必要なのである。

第40回 いつ死んでも良い生き方とは

死ぬ覚悟は年齢とともに薄れるのか？

若い人は、比較的簡単に死ぬ覚悟ができると思う。たとえば、死ぬ運命になったときにはあっさりと諦めよう、と考えるだろう。それだけ、現実の死が遠いところにあるものだと認識しているのが普通だからだ。僕は、子供の頃が一番自分の死が近いと信じていた。大人になり、歳を取るほど、案外生きられるかもしれない、という自信が湧いてきて、むしろ死から遠ざかった気がしている。だから、普通の人とは反対かもしれないが、今が一番、死を覚悟できていると思う。

ただ、今後のことはわからない。これからどんな精神状態になるか予想できない。もっと歳を取って、頭がぼんやりとしてくる可能性も高い。感覚が鈍ってくることもあるだろう。そうなると、案外、死にたくない、と本気で考えるようになっているかもしれない。

それでも、死後のことは考えないという点では自信がある。死んだら、あとは無があるだけだ。自分がいなくなった世界というのは、自分にとっては無なので、考える必要がない。これは理屈かもしれないけれど、理屈は思想の基本となるものだ。

自分の死のあとに、なにかを遺そうとは思わない。もちろん、家族がしばらく生きていくために多少の金額は遺すことになるだろうが、しかし僕には無関係だ。僕のことをどう思ってもらっても良い。あと、僕の持ち物がどうなろうがかまわないし、世間が僕をどう認識しようが全然どうでも良い。

当然、墓などいらないし、土地や物には執着しない。子孫がどうこうなどとも考えていない。彼らは自分に忠実に生きるだろう。それで充分である。

そう考えてみると、僕は死に対して特段の覚悟を持っていないのかもしれない。いつかどこかで死ぬだろう、それはいつでも良いし、どこでも良い。ばったり倒れて、野垂れ死するのが理想だが、そうはいかない可能性も高い。できることなら、あまり苦しまずに死にたいから、治療を受けず、早めに意識を失いたいものだ、くらいの願望はある。でもこれも、願ってもしかたがない部類で、真剣に考えているわけではない。

遺言は書かないつもりだし、生きているうちに、あれこれ指示をするつもりもない。そもそも、子供たちとはそういう話はまったくしない。大事なパスワードくらいは、どうすれば知ることができるか、という道筋をどこかわかりやすいところに記しておこう、というくらいである。これは、ドライブに出かけるときに、事故で帰れなくなるかもしれないので、日頃から実践していることだ。

欲しいものは限られている

自分は六十年生きるとは考えていなかったから、だいたいの計画をこの期間を目処《めど》に決め、それまでに実行してきた。だから、生きているうちにやりたいこと、手に入れたいもの、経験したいことは、既に完了している。唯一、完全にできなかったことは、生きているうちに知りたいこと、である。何故なら、知りたいことは、なにかを知るほど増えるから、きりがないためだ。

アウトプットが減って、インプットの時間が増えたのは、この「知りたい」だけが残ったせいだと考えられる。何から入力しているのかというと、本とネットだ。この頃は人に会わなくなったので、他者からの入力はほぼない。ただし、家族や犬からはある。けっこう多大な影響を身内から受けていて、僕が最近、普通の人間に近づくことができたのも、このおかげだろう。それくらい、僕の奥様（あえて敬称）は普通の人、常識人だったのだ。中和された感覚がある。

多くの人は、僕が沢山のおもちゃに囲まれていることをご存じだろう。欲しいものはなんでもすぐに買って、どんどん溜《た》め込んでいた。しかし、その「物」は非常に狭い範囲だった。とにかく、マニアックでスペシャルなものだ。たとえば、蒸気の力で走る機関車を数百台持っていて、一台が平均五十万円くらい。これだけで一億円くらい使った。しかし、たとえば、普通の鉄道模型になると、僕はほとんど興味がなく、それほど散財していない。模型やおもちゃの関係で二億円くらいは買ったかもしれないけれど、ほぼ半分は、自分で作るための材料や部品だった。工具にも一千万円くらいかけただろうか。中古で旋盤やフライス盤などを揃《そろ》えたからだ。

欲しいものは、手に入れれば、それで完結する。増えることがない。子供のときから欲しかったものにほぼ限られる。コレクタではないので、網羅《もうら》しようとは考えなかった。同じような機関車でも、好みに合わないものは絶対に買わなかった。

こうして、今はほとんど買いたいものがなくなってしまった。世界中から取り寄せ、ほぼすべて手に入れることができた状態なのだ。ここが「知識」という情報との違いである。情報はどんどん新しいものが生じ、知りたいという欲望が消えることがなかった。

さらに、物品は増えると収納場所が必要だが、情報は場所を取らない。いくらでも自分のものにできる。ただ、頭がぼけてきて、忘れるようになるので、定値からは増えないのかもしれないけれど。

僕が欲しいものは、普通の人が欲しいものと明らかに異なっている。それは、人から羨《うらや》ましがられるものではない点だ。自分が持っているもので、満足できるのは僕だけ。家族も喜ばないし、他者に披露する価値もない。見せびらかす目的で手に入れたのではない、ということが、普通の物欲との大きな違いだろう。

どういうタイミングで死ぬか

覚悟の有無はさておき、一番の問題はタイミングかな、と想像する。つまり、死ぬタイミングというものがあって、これが良いか悪いかは、おそらく誰でも心配になるだろう。では、まえぶれもなく突然死を迎えるというのは、良いタイミングだろうか？

ただ、数日まえに「三日後に確実に死にます」と正確に教えてもらえるような都合の良い事態はまずありえない。たいていは、いつ死ぬのかはわからない。重病になって、長くは生きられないと判明していても、どれくらいなら生きていられるか、は不確定で、大まかな予想しか得られない。

さらに、生きている状態がさまざまで、寝たきりになるとか、苦しさが続くとか、意識がなくなるとか、その状況によって、その期間の価値がだいぶ違ってくる。できれば、苦しみたくないのは誰も同じだと思うけれど、たとえば、事故に遭って、意識がなくなり、一カ月後に他界するといった場合、本人にとっては事故に遭った瞬間が、死んだ瞬間だといえる。周囲の人たちに見守られる時間があっても、回復する期待をもたせるだけの違いで、コミュニケーションが取れなければ、死んでいるのと同じ。このような死んでいないけれど反応がない期間を望む人と、望まない人がいることと思う。僕の場合は、自分には無関係だから、どちらでも良い。

死ぬまえに一言なにか伝えたいとか、そういう欲求もまったくない。伝えたいことがあったら、元気なときに話しておくだろう。死に際に感謝を伝えたいという人がいるかもしれないが、もっと早く伝えなさい、と忠告したい。僕は、そういう薄情な人間らしい。なにか楽しみにしていたことを見ずに死んでしまうとか、本人が努力していたことの結果を聞かずに死ぬとか、そういうのも、僕はどうとも思わない。笑って死んでも、安らかに死んでも、死ぬことに変わりはないし、周囲が話のネタにする程度の違いだろう。

唯一の例外は、事故や事件に巻き込まれて死ぬときだ。犯人は誰だとか、なにか目撃したことがあるとか、いわゆるダイイングメッセージとして伝えたい場合はありえる。しかし、それでも、僕は特段に重要だとは思わない。未練を残すような死というものを、現実的に想像できないのだ。

死んだら、それでお終いでしょう? だから、あらかじめプログラムしておくような準備は無理。さっぱり、安気《あんき》に、あっさり、自然に死にましょう。

多くの日本人が雪は寒いというイメージを抱いているが、当地では、雪が降る日は暖かい。寒いのは晴れた風の強い日。日の出の時間に犬の散歩に出かけるが、犬たちは寒い方が元気だ。着ているシャツは防寒ではなく、胸の毛に雪玉がつくのを防ぐためのもの。

冬は工作の季節

冬は地面が凍るため、庭仕事や鉄道の保線作業ができない。だから、工作室でじっくり製作に取り組むシーズンになる。たいてい、毎年、年末年始は旋盤を回しているし、一番寒い二月は、室内でエンジンの試運転をしている（排気だけ屋外へ出す）。

室内は床暖房が全室に装備され、地下のボイラで温められた温水が床面の下を循環する仕組みになっている。これにより、ストーブは不要で、全室が二十℃になる。この暖房が、十月から四月までずっと連続稼働する。灯油代が一カ月に四、五万円程度で、電気は使わない。エアコンよりは省エネだと思う（おそらく、エアコンでこの環境を作るとしたら倍の電気代になるだろう）。そもそも、エアコンのようにぼうっとした空気にならず、朝でも裸足で歩けるし、浴室のタイルも冷たくない。そう、暖かいのではなく、冷たくない、というのがこの暖房の特徴。

工作室もガレージも寒くない。冬であることを忘れて作業ができる。ただ、屋内では試運転ができないものが多い。それから、広い面積の塗装ができない。それは気温が十五℃以上になる四月を待つしかない。

春になると、奥様（あえて敬称）が植えた球根が芽を出し、五月か六月に花が咲く。新緑の季節は六月で、一年で最も輝かしい。森が緑に包まれる、庭園がすべて木陰になるのは、六月から九月の僅か四カ月間のこと。清々《すがすが》しい空気と、爽やかな風の夏が毎年やってくる。そのときに、何で遊ぶかを考え、その準備をするための冬である。

森博嗣　もり・ひろし

1957年愛知県生まれ。工学博士。某国立大学工学部建築学科で研究をするかたわら、1996年に『すべてがFになる』で第1回「メフィスト賞」を受賞し、衝撃の作家デビュー。怜悧で知的な作風で人気を博する。「S&Mシリーズ」「Vシリーズ」（ともに講談社文庫）などのミステリィのほか、「Wシリーズ」（講談社タイガ）や『スカイ・クロラ』（中公文庫）などのSF作品、また『The cream of the notes』シリーズ（講談社文庫）、『小説家という職業』（集英社新書）、『科学的とはどういう意味か』（幻冬舎新書）、『孤独の価値』（幻冬舎新書）、『道なき未知』『静かに生きて考える』（小社刊）などのエッセィを多数刊行している。

日常《にちじょう》のフローチャート Daily Flowchart

二〇二五年四月三〇日　第一刷発行

著者　森博嗣《もりひろし》
発行者　鈴木康成
発行所　KKベストセラーズ
〒一一二-〇〇一三 東京都文京区音羽一-一五-一五 シティ音羽二階
電話 〇三-六三〇四-一八三二（編集）
〇三-六三〇四-一六〇三（営業）
https://www.bestsellers.co.jp

ブックデザイン　鈴木成一デザイン室
校正　小原節子・皆川秀
印刷製本　錦明印刷
DTP　三協美術

ISBN978-4-584-14001-7 C0095